D1932658

Dawson's Creek
Gefühle in Aufruhr

Dawson's Creek™

Gefühle in Aufruhr

Roman

Auf Basis der gleichnamigen Fernsehserie
von Kevin Williamson und den von ihm
geschriebenen Episoden »Alles wird anders«
und »Tanz auf dem Vulkan«

Romanfassung von Jennifer Baker

Aus dem Amerikanischen
von Angelika Eisold-Viebig

vgs

Das Buch »Dawson's Creek – Gefühle in Aufruhr« entstand parallel zu der gleichnamigen TV-Serie *Dawson's Creek*™ von Kevin Williamson, produziert von Columbia TriStar Television, ausgestrahlt in SAT.1.

Erstveröffentlichung bei: Pocket Books, New York 1998
Titel der Originalausgabe: Dawson's Creek™ –
The Beginning of Everything Else

Die Deutsche Bibliothek – CIP-Einheitsaufnahme

Baker, Jennifer:
Dawson's creek / Jennifer Baker. – Köln : vgs
Gefühle in Aufruhr / aus dem Amerikan. von
Angelika Eisold-Viebig. – 1. Aufl. – 1999
ISBN 3-8025-2604-X

© 1999 Columbia TriStar Television, Inc.
All Rights Reserved.

1. Auflage 1999
vgs verlagsgesellschaft, Köln
Alle Rechte vorbehalten
Lektorat: Andrea Euerle
Umschlaggestaltung: Papen Werbeagentur, Köln
Senderlogo: © SAT.1 New Business Development (NBD) '99
Titelfoto: © 1999 Columbia TriStar Television, Inc.
Satz: TypoForum, Singhofen
Druck: Freiburger Graphische Betriebe
Printed in Germany
ISBN 3-8025-2604-X

Besuchen Sie unsere Homepages im WWW:
http://www.sat1.de
http://www.vgs.de

1

Vor dem Fenster des großen, weiträumigen Hauses glitzerte das Wasser silbern im schwachen Mondlicht. Drinnen, in Dawson Leerys Zimmer, warf das Fernsehgerät sein eigenes Licht.

»Ich bin immer bei dir«, versprach E.T. auf dem großen Bildschirm.

Joey Potter lag bäuchlings neben Dawson auf dem breiten Bett in einem Meer von Kissen und halbleeren Tüten von Doritos und anderem Knabberzeug und starrte gebannt zum Fernseher.

»Ich liebe diesen Film«, schwärmte Joey. »Er hat doch einen Oscar bekommen, oder?« Obwohl sie den Film schon öfter gesehen hatte, war sie jedesmal traurig, wenn er zu Ende war.

»Nein, *Gandhi* hat ihn bekommen«, erklärte ihr Dawson. »Man hat Spielberg beraubt«, fügte er voller Überzeugung hinzu. »Das war noch bevor er sein Peter-Pan-Syndrom überwunden hatte.« Als der Nachspann lief, richtete Dawson die Fernbedienung auf den Recorder und spulte den Film zurück. Die Nachrichtensprecher des Lokalsenders erschienen auf dem Bildschirm, ein Mann und eine Frau mit perlweißen Zähnen und einer Menge perfekt gestyltem Haar.

»Aber ausgerechnet *Gandhi*«, sagte Joey. »Warum ging der Oscar an einen Film, bei dem man es nicht einmal schafft, ihn bis zu Ende zu sehen?« Sie wartete nicht auf Dawsons Antwort. Sie wußte, daß er mit ihr einer Meinung war. »Neue Frisur?« fragte sie und deutete auf die Nachrichtensprecherin. Irgendwie war es komisch, sie jeden Abend im Fernsehen zu sehen. Selbst nach all den Jahren hatte sich Joey immer noch nicht ganz daran gewöhnt.

»Ja. Sie steht auf viel Haar«, sagte Dawson.

Joey wandte den Blick kurz vom Fernseher und suchte nach ihren Turnschuhen. Die Frau lächelte, als wolle sie für Zahnpasta Reklame machen. »Und damit gebe ich zurück zu dir, Bob«, sagte sie zu ihrem Kollegen.

»Ihr Haar muß ja eine ganze Menge wiegen.« Joey entdeckte einen Turnschuh, dann den anderen. »Wie schafft sie es bloß, damit noch aufrecht zu gehen?«

Dawson lachte. Joey schlüpfte in die Turnschuhe und stand auf.

»Wo willst du denn hin?« fragte Dawson.

»Nach Hause.«

»Bleib doch hier«, sagte Dawson leichthin.

»Kann nicht«, antwortete Joey und hoffte, es würde unbefangen klingen. Sie drehte ihr Gesicht weg, denn sie konnte Dawson jetzt einfach nicht ansehen.

»Du bleibst doch sonst immer hier.« In Dawsons Worten schwang leichtes Erstaunen mit.

»Heute nacht nicht.«

»Warum denn nicht?«

Joey ging zum offenen Fenster. Sie konnte den warmen Spätsommerwind spüren, der mit den blaugrauen Vorhängen spielte. Kapierte Dawson denn wirklich nicht? Verstand er gar nichts?

Sie wirbelte herum und sah ihn an – sein energisches Gesicht, sein dichtes, welliges blondes Haar, seinen vollen Mund und seine tiefliegenden, klugen, haselnußbraunen Augen, klug zumindest, was Filme und Geschichten betraf. Doch jetzt ging es ums wirkliche Leben. Dawson war immer in der Lage gewesen, in Joey zu lesen wie in einem offenen Buch. Genau wie sie in ihm. Warum also mußte sie ihm das nun noch in allen Einzelheiten erklären?

»Ich denke einfach, daß es keine so gute Idee ist, wenn ich weiter bei dir übernachte, verstehst du?«

Dawson schob sein kräftiges, kantiges Kinn vor. »Nein, ich verstehe nicht! Du übernachtest bei mir seit unserem siebten Lebensjahr. Es ist Samstagabend, also komm schon!«

»Die Dinge ändern sich, Dawson – entwickeln sich.« Joey betonte »entwickeln« und hoffte, damit etwas klargemacht zu haben. »Und du auch.«

»Wovon redest du denn?«

Er war ein hoffnungsloser Fall.

»Es war in Ordnung, im gleichen Bett zu schlafen, als wir Kinder waren«, begann Joey. »Aber jetzt sind wir fünfzehn.«

Dawson hob eine Augenbraue. »Ja, und?«

»Am Montag beginnt für uns die High School.«

»Ja ...«

Okay, sie mußte einfach zur Sache kommen. Es gab keine andere Möglichkeit. »Und ich habe einen Busen.«

Joeys Worte hingen für einen Augenblick in der Luft.

»Was?« Dawson lachte verblüfft auf.

»Und du hast Genitalien«, fuhr Joey fort.

»Ich hatte schon immer Genitalien.« Dawson gab nicht so leicht auf.

»Aber jetzt sind sie größer«, erwiderte Joey.

Sie sah, daß Dawson schluckte. Okay. Vielleicht kapierte er jetzt.

»Woher willst du das wissen?« fragte er.

Nun wurde es langsam kritisch. Es war Zeit, diese kleine Unterhaltung zu beenden. »Du hast schließlich auch lange Finger«, stieß Joey aufgebracht hervor, während sie um den Fensterrahmen griff und ein Bein aus dem Fenster gleiten ließ. Auch wenn Dawson nichts kapierte, für sie war jedenfalls alles klar. Und es war Zeit, daß sie ging.

»Hey, Joey! Du kannst mir doch nicht einfach so was an den Kopf werfen und dann verschwinden. Erklär mir, was du meinst!« forderte Dawson.

Sollte sie es ihm vielleicht einprügeln? Joey schwang sich wieder ins Zimmer, blieb jedoch beim Fenster stehen. »Ich denke einfach, daß dein zunehmender Hormonausstoß unsere Beziehung verändern wird, und ich versuche, die Auswirkungen zu begrenzen.«

Joey merkte, wie ihre Botschaft langsam ankam. Dawsons Augen wurden ein klein wenig größer. Er kniff den Mund zusammen, erholte sich jedoch schnell. »Mein ›zunehmender Hormonausstoß‹ trägt doch nicht etwa dazu bei, daß du dich in mich verknallst, oder?«

Also nein. Das war unmöglich. Es war lediglich so, daß sie – anders als manche Leute – in der Wirklichkeit lebte. Und sie mußte zugeben, daß sie bemerkt hatte, wie energisch sein Kinn war, und zwar auf eine Weise wie nie zuvor. Sie hatte auch bemerkt, daß er... naja, lange Finger hatte. Und sie hatte bemerkt, daß sie es bemerkte. Obwohl es Dawson war. Der gleiche alte Dawson, den sie seit Ewigkeiten kannte. Oder zumindest seit der zweiten Klasse.

»Ich mich in dich verknallen?« gab Joey zurück. »Oh Mann, das ist ja wieder mal typisch. Nein, ich habe mich nicht in dich verknallt, Dawson. Dazu kenne ich dich viel zu lange. Ich habe dich furzen, rülpsen, Nase bohren und dich am Hintern kratzen gesehen. Ich verliebe mich nicht in dich.«

»Wo liegt dann das Problem?«

Joey spürte plötzlich Ärger in sich aufsteigen. »Wir verändern uns, und wir müssen diese Veränderungen akzeptieren und uns entsprechend verhalten, oder diese Mann-Frau-Geschichte wird uns in die Quere kommen.«

Dawson war nun ebenfalls verärgert. »Was soll denn dieses Ich-Feministin-Du-Macho-Gequatsche? Das hat mit uns nichts zu tun. Da stehen wir drüber.«

»Und wie machen wir das?«

»Indem wir schlafen. Ich bin müde«, antwortete Dawson.

Wunderbar. Verschließ deine Augen davor, dann geht es schon vorbei. »Das ist pure Vermeidungstaktik«, erklärte Joey und drehte sich zurück zum Fenster.

»Nein, es ist der Beweis! Der Beweis, daß wir trotz aller drohenden Sex-Theorien immer noch Freunde bleiben können«, erwiderte Dawson.

Schlafen gehen. Sich zusammen hinlegen und einfach einschlafen. Nichts weiter. Im gleichen Bett, aber jeder für sich. Der Beweis. Na ja, vielleicht war es tatsächlich eine Möglichkeit, um zu zeigen, daß sie Freunde, und zwar nur Freunde waren. Vielleicht hatte Dawson hier wirklich recht. Oder vielleicht wollte Joey auch einfach nur gar nicht so gern nach Hause gehen. Bei Dawson war es besser als bei ihr zu Hause. Mit Dawson war es besser. War es schon immer ...

»Ich glaube nicht, daß das so funktioniert, Dawson«, antwortete Joey unsicher. Sie spürte die Brise, die über die Bucht hinweg und zum Fenster herein wehte.

Dawson ließ sich mit übertriebenem Schwung rückwärts aufs Bett fallen. »Komm schon, mach hier nicht einen auf weiblich, Joey. Ich will dich doch nicht Josephine nennen müssen.«

Der Klang dieses Namens aus Dawsons Mund – das ging Joey durch und durch. Denk nicht weiter nach. Bleib einfach da! »Ich zeig dir eine Josephine«, rief sie aus und stürzte mit einem Satz auf Dawson los. Sie landete genau auf ihm und prügelte auf seine Schulter ein.

»Hey!« Er griff nach ihren Armen und umfaßte ihre schmalen Handgelenke.

Joey wand ihre Hände aus seinem Griff. Da faßte Dawson sie um den ganzen Körper und rollte sich auf sie.

Joey kämpfte und lachte atemlos, doch Dawson hatte sie fest im Griff. Sein Gesicht war nur wenige Zentimeter von ihrem entfernt. Joey hörte auf zu kämpfen und blickte ihn an. »Okay, ich gebe auf.« Mit einem Mal wurde auch Dawson ganz ruhig.

Er ließ sich neben ihr auf den Rücken fallen. »Wir bleiben Freunde, okay? Egal, wieviel Körperbehaarung sich bei uns einstellt. Abgemacht?«

»Abgemacht«, stimmte Joey zu. Natürlich waren sie

Freunde. Das hier war Dawson. Sie streifte ihre Turnschuhe ab und hörte, wie sie mit einem weichen Schlag auf den Boden fielen.

»Und wir sprechen nicht mehr über das Ganze, okay?« hakte Dawson nach.

»Genau«, sagte Joey und starrte nach oben an die weiße Decke. Ganz bestimmt wollte sie das nicht noch einmal durchkauen müssen.

»Cool«, sagte Dawson.

»Cool«, kam das Echo von Joey, allerdings mit einem Hauch von Unsicherheit. Sie drehte sich auf ihre Seite, weg von Dawson, fand jedoch keine rechte Ruhe. Sie rollte sich zusammen, dann streckte sie sich wieder. Dawson bewegte sich ebenfalls unruhig neben ihr. Sie merkte, wie er sich hin und her drehte und an der Bettdecke zog.

»Gute Nacht, Joey«, sagte er und knipste das Licht aus. Es wurde dunkel im Zimmer, doch das Mondlicht, das durch die Vorhänge fiel, schien heller zu leuchten.

»Nacht, Dawson«, antwortete Joey.

Sie lag immer noch nicht so recht bequem, aber sie zwang sich, still zu liegen. Als ihr Körper sich endlich zu entspannen begann, brach Dawson das Schweigen.

»Warum mußtest du überhaupt damit anfangen?« fragte er.

2

Joey lag ausgestreckt in einem Liegestuhl am Pier. Ihr schlanker, leicht gebräunter Körper steckte in weißen Shorts, über ihrem karierten Bikinioberteil trug sie ein langes, aufgeknöpftes Hemd, und der Wind zerzauste ihr offenes, langes dunkles Haar. Die Sonne des zu Ende gehenden Sommers wärmte ihre bloße Haut. Die Luft roch nach Salzwasser und nach dem warmen Holz des Piers an der Krümmung der Bucht. Einige Jungs fuhren auf ihren Surfbrettern vorbei, die Segel hoben sich leuchtend hell gegen den blauen Himmel ab.

Es war ein traumhafter Nachmittag. Ein traumhaftes Bild. Eine der hübschesten Stellen eines hübschen Ortes – vom Meer her schlängelte sich ein Salzwasserfluß herein und öffnete sich an dieser Stelle zu einer ruhigen Lagune, deren Schönheit vervollständigt wurde durch hohes Seegras und einen grauen Reiher, der mit majestätischem Flügelschlag aus dem Wasser aufstieg.

Joey lag in der Nähe von Dawsons viel zu großem, aber dennoch keineswegs protzigem Haus, das sie jetzt nicht sehen konnte, da sie die Augen geschlossen hatte, während sie sich sonnte.

Plötzlich erzitterte der Steg. Joey öffnete erschrocken die Augen, als ein schleimiges schiefergrünes, riesenhaftes

Meeresungeheuer die Wasseroberfläche durchbrach und nach ihr griff!

Sie stieß einen entsetzten Schrei aus. Das Meeresungeheuer versuchte, sie ins Wasser zu ziehen! Sie kämpfte und spannte jeden Muskel an. Schließlich preßte sie ihren Arm an sich und rammte mit aller Macht ihren Ellbogen in den Bauch des Monsters.

Das Ungeheuer stieß einen Schrei aus und sank in die schlammigen Tiefen zurück, schaffte es jedoch, Joey mitsamt dem Stuhl mit ins Wasser zu ziehen.

»Nein! Nein! Halt!« schrie Dawson und kam hinter der Kamera, die er auf einem Stativ befestigt hatte, hervor. »Halt! Warte doch einen Moment. Du mußt erst bis drei zählen, bevor du das machst.«

Währenddessen warf Joey im Wasser dem Meeresungeheuer, das sich nun auf den Steg hochzog, einen bösen Blick zu. Sie stieß es beiseite und kletterte vor ihm hoch.

»Wenn du sie angreifst, bevor das Bild sich einprägen kann, ist es nicht furchteinflößend«, schrie Dawson. Er hatte das Gefühl, diese Szene niemals in den Kasten zu bekommen.

»Er hat es schon wieder gemacht! Er hat mir an den Hintern gefaßt!« schrie Joey.

»Als ob du überhaupt einen hättest«, gab das Meeresungeheuer zurück. Es zog seine Maske herunter – die Maske, an der Dawson die ganze Woche gearbeitet hatte. Paceys Kopf kam über seiner schlaksigen Gestalt zum Vorschein, sein dunkelbraunes, kurzgeschnittenes Haar war naß.

Dawson lief zu ihnen hin. »Kinder, Kinder, ihr macht mich fertig! Wir liegen im Zeitplan meilenweit hinten. So schaffe ich es niemals bis zum Festival. Ich habe nur noch zwei Monate.« Und dabei sollten die beiden hier seine besten Freunde sein. »Hal-lo! Strengt euch doch bitte an!«

»Ich spiele nicht das Opfer«, murrte Joey.

Pacey deutete mit einer grau-grünen Gummiklaue auf Joey. »Meryl Streep ist schuld«, erklärte er. »Ich gebe mein Bestes.«

Joey hielt mit ihrem Ärger nicht zurück. »Du kannst mich mal!« fuhr sie Pacey an.

Dawson hörte hinter sich ein Auto heranfahren, die Reifen knirschten auf der Kieseinfahrt zum Nachbarhaus. Er blickte kurz über die Schulter und sah ein gelbes Taxi anhalten.

Dann drehte er sich wieder zu seiner Kamera, holte eine neue Videokassette aus der Tasche zu seinen Füßen und legte sie ein. Er wollte keine Zeit verlieren und arbeitete, so rasch er konnte.

»Also, Leute, von Anfang an«, sagte er entschieden. »Und zwar glaubhaft. Gebt euer Bestes!«

Er sah sie mahnend an, doch Pacey starrte geradewegs an ihm vorbei. »Also, also ... da fällt mir ja die Klappe runter«, stieß Pacey hervor.

Dawson folgte zuerst nur kurz dem Blick seines Freundes, doch dann drehte er sich ganz um. Ein Mädchen war ausgestiegen. Ihr kurzes, naturweißes Sommerkleid ließ erkennen, daß sie die absolute Traumfigur hatte. Eine leichte Meeresbrise blies ihr das schulterlange, honigblonde Haar aus dem Gesicht, und Dawson konnte sehen, daß sie sehr hübsch war – nein, geradezu umwerfend. Er hielt den Atem an.

Sie lächelte herüber und kam sofort auf sie zu – also auch kein schüchternes Seelchen, das gleich in Ohnmacht fiel. Sie lief den Steg entlang. An ihrem Hals glitzerte ein Medaillon an einer schmalen Goldkette in der Sonne.

Dawson blickte zurück zu Pacey und Joey. Pacey starrte das Mädchen an, stumm wie – ein Meeresungeheuer. Joey wiederum sah Dawson an. Er erwiderte ihren Blick mit hochgezogenen Augenbrauen und drehte sich zurück zu dem Mädchen.

»Hallo, Leute!« Das Mädchen grüßte offen und freundlich.

Pacey löste sich aus seiner Erstarrung und ging auf sie zu. »Wie geht's? Ich bin Pacey.« Er faßte ihre Hand und schüttelte sie.

Dawson folgte seinem Beispiel. »Ich bin ...«

»Dawson. Ich weiß. Wir kennen uns«, unterbrach ihn das Mädchen, und sie schüttelten sich die Hände. Ihre Hand war warm. »Ich bin Jen.«

Jen. Vom Haus nebenan. Wow! »Genau, du bist die Enkelin aus New York«, stellte Dawson fest. »Du siehst nur so ... anders aus.« Zögernd ließ er ihre Hand los.

Dawson merkte, daß Joey neben ihn trat. »Pubertät«, kommentierte sie halblaut. Dawson wußte nicht, ob ihm das peinlich sein sollte. »Hallo, ich bin Joey«, fuhr sie fort. »Ich wohne weiter unten an der Bucht, und wir kennen uns nicht. Noch nicht.«

»Also bist du nur zu Besuch hier?« fragte Dawson Jen. Er registrierte, daß der Taxifahrer einige große Koffer auslud. Sie sahen aus, als ob jede Menge Sommerkleider hineinpaßten.

»Die Hauptschlagader meines Großvaters hat's nicht mehr getan und mußte durch einen Plastikschlauch ersetzt werden«, erklärte Jen. »Meine Eltern haben mich geschickt, damit ich meinen Großeltern eine Weile helfe.«

Ja, Dawson hatte schon gehört, was mit dem alten Herrn von nebenan passiert war. Ziemlich schlimme Sache. Also würde Jen vielleicht eine ganze Weile hierbleiben. »Dann gehst du hier zur Schule?«

»Ja«, bestätigte Jen. »Zehnte Klasse.« Sie hatte ein nettes, unbekümmertes Lächeln.

»Cool!« warf Pacey übereifrig ein. »Wir auch.«

Jen nickte. Ein Schwarm Möwen flog laut kreischend über sie hinweg, kreiste und tauchte ab. »Tja ... Grams wartet sicher schon auf mich«, entschuldigte sich Jen. »Ich muß los. War nett, euch kennenzulernen, Leute. Wir sehen uns dann in der Schule.«

»Oder schon vorher«, hörte Dawson sich sagen.

Jen lächelte wieder. Sie lächelte ihn an. Ihr Blick ruhte noch einen Augenblick länger auf ihm. Dawson verspürte eine gewisse angenehme Verlegenheit. Mann, das Mädchen war süß! Sie drehte sich um und ging zum Tor des gepflegten, niedrigen Zauns, der das Grundstück ihrer Großeltern von dem der Leerys trennte.

Er sah ihr nach, als sie auf die Veranda des eleganten weißen Hauses mit dem blauen Fachwerk zuging. Sie blickte noch einmal zurück und winkte von der Veranda aus, bevor sie ins Haus ging.

Dawson starrte weiter auf die verlassene Veranda.

»Oder schon vorher«, hörte er Joey ihn nachäffen, bevor sie sich an ihm vorbeidrängte und in die andere Richtung verschwand.

»Nett«, kommentierte Pacey, der immer noch auf das Nachbarhaus starrte.

»Genau«, stimmte Dawson ihm zu.

Pacey legte den nassen Monster-Tauchanzug über das schmale Holzgeländer von Dawsons rückwärtiger Veranda. Er glitzerte in der Sonne wie der Neoprenanzug irgendeines blödsinnigen Tauchers.

Naja, dachte Dawson geistesabwesend, Pacey kann manchmal auch ziemlich blöde sein. Insofern liegen wir da gar nicht so verkehrt. Seine Gedanken waren einerseits bei einer ganzen Menge von Dingen – seinem Film, Joeys komischem Verhalten in letzter Zeit – und gleichzeitig vollkommen bei einem einzigen: seiner neuen Nachbarin.

»Glaubst du, sie ist Jungfrau?« fragte Pacey. »Willst du sie flachlegen?«

Dawson war an Paceys Direktheit bereits gewöhnt. Der Schockeffekt wirkte bei ihm nicht. Er ging durch die Gittertür ins Haus und stellte seine Kameraausrüstung in eine Ecke des Vorraums. »Wir haben uns ja gerade erst kennengelernt«, antwortete er Pacey gelassen, während sein Freund ihm ins Haus folgte.

»Und das war schon vergeudete Zeit.« Pacey gab nicht nach. »Ein besserer Mann wäre bereits dabei, sie flachzulegen.«

»Taktgefühl«, erwiderte Dawson. »Schlag das mal nach.«

Bevor Pacey noch etwas entgegnen konnte, war ein eindrucksvolles Krachen aus dem Inneren des Hauses zu hören – irgendein schweres Objekt mußte sein Ende gefunden haben, als es hart auf dem Boden aufkam. Dawson und Pacey wechselten einen schnellen Blick und liefen zusammen in die Richtung, aus der das Geräusch gekommen war. Durch den grüngestrichenen Eingangsbereich, den Flur entlang und in das offene, sonnendurchflutete Innere des Hauses. Am anderen Ende glänzte die völlig neue Küche in fleckenlosem Stahl und hellen Fliesen. Der geräumige Wohnraum erhob sich über zwei Stockwerke, hoch zu den dunklen, naturbelassenen Dachbalken, die die weiß verputzte Decke in regelmäßigen Abständen durchzogen. Eine Treppe führte von einer Ecke hinauf zur Ballustrade im ersten Stock, von der aus man den Raum überblicken konnte.

Auf dem Kaffeetisch vor dem offenen Kamin lagen ein Mann und eine Frau aufeinander und küßten sich leidenschaftlich. Dawson blieb, mit Pacey an seiner Seite, wie versteinert stehen.

»Oh nein«, stöhnte Dawson. »Mom ...«, rief er aus.

Seine Eltern lösten sich sofort voneinander und blickten hoch, seine Mutter rollte sich vom Tisch auf die glatten weißen Dielen. Erwischt!

Zwischen ihr und einem Fernsehgerät mit einem riesigen Bildschirm lag ein mexikanischer Wasserkrug aus Terracotta in Scherben.

Dawson wußte, daß Pacey neben ihm mit offenem Mund dastand und starrte. Dawson merkte, wie er selbst knallrot wurde.

»Oh, hallo, mein Sohn«, sagte sein Vater leicht verlegen.

»Oops«, sagte seine Mutter, setzte sich und sah ihn an. Das Gesicht der Lokalnachrichten, Mrs. Leery – ansonsten bekannt als die gute alte Mom. Sie zog ihre Bluse glatt und machte den Versuch, ihre Haare wieder zurechtzustreichen – die neue Frisur, die Joey letzte Nacht im Fernsehen bemerkt hatte.

»Deine Mutter und ich«, sagte sein Vater, »haben ...«

»... gerade diskutiert, ob wir nicht vielleicht doch ...«, fuhr seine Mutter fort und suchte merklich nach Worten,

»... einen neuen Kaffeetisch anschaffen sollten«, schloß Mr. Leery, als ob das irgend jemand glauben könnte.

Mrs. Leery lachte leicht verlegen auf.

Mr. Leery erhob sich. »Hallo, Pacey.«

»Hallo, Mr. Leery. Mrs. Leery«, grüßte Pacey strahlend. Dawson warf ihm einen Blick zu. Pacey grinste über beide Ohren und genoß sichtlich jede einzelne Minute von Dawsons Schmach. Hackfleisch! Dawson würde ihn zu Hackfleisch machen, sollte er später auch nur ein einziges Wort darüber fallenlassen.

»Hallo, Pacey«, grüßte Dawsons Mutter vom Boden aus. »Schau nicht so verlegen, Dawson. Es hätte schlimmer sein können.«

Genau. Einen wunderschönen guten Morgen auch, Mom. Zumindest hatten sie ihre Klamotten noch an. Vielleicht war es das, was seine Mutter meinte.

»Ihre neue Frisur gefällt mir wirklich gut, Mrs. Leery«, sagte Pacey.

»Oh, danke, Pacey.« Mom erholte sich schnell. Und Pacey – dem Typ fielen fast die Augen raus, während er schmierig grinste.

»Ich dachte, ihr Jungs wolltet heute arbeiten«, sagte Dawsons Vater.

»Wir sind spät dran«, erwiderte Dawson. Als ob er derjenige sei, der etwas zu erklären hatte.

»Ich auch«, sagte seine Mutter. »Ich sollte mich ganz schnell auf den Weg machen.« Sie stand auf und zog ihren Rock gerade. Dann blickte sie zu Dawsons Vater. Sie lächelte ihn verschwörerisch an. »Okay, Big Man, wir sehen uns dann später.« Sie bückte sich und gab ihm einen Kuß. Und zwar einen richtigen.

Dawson war entsetzt. Er wünschte, er könnte das schmierige Grinsen von Paceys Gesicht wischen.

»Oh, Mom ...«

Joey zog zweimal an einem Ruder, dann richtete sie das Boot mit einem leichten Zug am anderen Ruder geradeaus. Sie lenkte das kleine Boot gekonnt die Bucht entlang zu ihrem Anlegesteg. Man konnte nicht anders, als den Unterschied zwischen ihrem und Dawsons Haus zu bemerken. Zumindest sie konnte nicht anders, auch wenn sie es nicht wollte.

Es lag weniger daran, daß ihr Haus kleiner war – obwohl es das war, ein wenig zumindest. Auch der Blick auf die Bucht war hier in den Marschen genauso hübsch: blaugrünes Wasser, sich wiegendes Schilf und die ungestörte Lage mit keinem einzigen anderen Haus in Sichtweite. Aber die graue Schindelverkleidung des niedrigen, im Ranchstil gebauten Hauses war verwittert, und die Farbe blätterte vom Fachwerk ab. Es war nicht zu übersehen, daß auch das Dach einer dringenden Reparatur bedurfte. Man mußte zugeben, daß Bess und Bodie den Hof mit vielen Pflanzen und Blumen und netten Kleinigkeiten verschönert hatten, aber das ganze Haus benötigte dringend eine richtige Renovierung.

Joey versuchte, den Anblick des Hauses zu ignorieren,

als sie aus dem Boot sprang und es am Pier festband. Sie lief auf die breite Veranda zu, als im gleichen Augenblick die Tür aufflog.

Ein großer, durchtrainierter Mann, Anfang Zwanzig, von schwarzer Hautfarbe, trat heraus. Er sah gut aus, und sein offenes Lächeln wirkte sehr sympathisch. Er hatte ein frisches, weißes T-Shirt an und trug vorsichtig einen Kochtopf in der einen Hand, einen Holzlöffel in der anderen. »Genau das Opfer, das ich suche«, sagte er und kam mit dem ausgestreckten Löffel auf Joey zu.

»Nein, Bodie!« Joey hob abwehrend eine Hand. »Nicht schon wieder.«

»Darüber werde ich geprüft«, bat er. »Nur einmal kurz versuchen.«

Tatsächlich schmeckte es sogar sehr gut. Eine Tomatensoße mit reichlich Knoblauch. Joey hatte nichts mehr dagegen, das Versuchskaninchen zu spielen. Diese Soße schmeckte einfach köstlich. Ein feines, fast samtiges Püree mit Stücken von weichen, pastaartigen Dingen, die ihr auf der Zunge zergingen.

»Orgastisch«, sagte sie. »Wo ist Bess?«

»Genau hier.« Die Stimme ihrer Schwester war zu hören, noch bevor sie zu sehen war. Nun kam Bess mit langsamen Schritten auf die Veranda heraus, eine Hand auf dem Rücken, ihr Bauch durch ihre Schwangerschaft überdimensional angeschwollen. Irgendwie schaffte sie es trotzdem noch, gut auszusehen in ihrem einfachen, aber eleganten langen Kleid und ihrer Halskette mit winzigen Süßwasserperlen. Wie immer die schöne ältere Schwester.

Der Ausdruck auf ihrem Gesicht war jedoch etwas ganz anderes. In ihrer Hand hielt sie ein verknittertes blaues T-Shirt – genau das, das Joey sich kürzlich ausgeborgt hatte. Oops!

»Wenn du meine Sachen anziehen willst, habe ich nichts dagegen«, sagte Bess ärgerlich. »Im Augenblick kann ich sie sowieso nicht tragen. Aber das bedeutet, daß du sie dahin zurücklegst, wo du sie hergeholt hast. Verstanden?«

»Verstanden«, antwortete Joey kühl. Okay, sie wußte, daß Bess müde war. Wahrscheinlich hatte sie auch Angst. Man konnte das in ihren Augen sehen, und es machte den Altersunterschied von sieben Jahren zwischen ihnen größer als je zuvor. Aber Bess hatte kein Recht, alles an Joey auszulassen. Das mußte die längste Schwangerschaft der Weltgeschichte sein.

»Ich bin viel zu schwanger, um Sachen unter deinem Bett vorzuholen«, schimpfte Bess.

»Dann bleib einfach aus meinem Zimmer draußen«, gab Joey wütend zurück. »Verstanden?« Sie drängte sich an ihrer Schwester vorbei zur Tür.

»Eines Tages werde ich sie noch windelweich prügeln, das schwöre ich«, hörte sie Bess zu Bodie sagen. Sie drehte sich um, um ihrer Schwester einen bösen Blick zuzuwerfen. Aber Bodie kam jetzt mit dem Löffel auf Bess zu.

»Hier, versuch das mal«, sagte er beruhigend.

Als Bess sich vorbeugte, um zu probieren, beugte sich Bodie vor und küßte liebevoll ihren Hals.

»Orgastisch«, meinte Joey ihre Schwester sagen zu hören.

3

Im Ort begann es langsam ruhiger zu werden. Endlich. Einige übriggebliebene Touristen streiften immer noch in den Geschäften umher, kauften T-Shirts mit aufgedruckten Austern und Spielzeughaie aus Plastik zu verbilligten Schlußverkaufspreisen. Aber man hatte einfach wieder mehr Luft, und die Gesichter wurden wieder vertrauter. Das S.S. Icehouse war noch nicht ganz leer, aber die Kellnerinnen ließen es lockerer angehen und hatten ihr Lächeln wiedergefunden, das während des ganzen Augusts verschwunden gewesen war. Für einen Ort, dessen Anziehungspunkt sein unverdorbener, unentdeckter Charme war, schafften es furchtbar viele Leute, genau den während der Sommermonate zu entdecken. Jetzt gehörte das für Ansichtskarten wie geschaffene Städtchen Capeside wieder den Einheimischen.

Im Videogeschäft stand Pacey hinter der Theke und erfaßte alle zurückgebrachten Filme – all die großen Sommerhits. Neben ihm, ebenfalls in einer blauen Weste mit dem Aufdruck »Screenplay Video«, machte Dawson das gleiche. Ein Kunde wanderte zwischen den Regalen umher.

»Heh.« Pacey konnte der Gelegenheit, Dawson zu ärgern, einfach nicht widerstehen. »Wenn dein Dad Big

Man ist, bist du dann Big Man Junior oder Big Man der Zweite?« Diese Szene in Dawsons Wohnzimmer war nach Paceys Meinung großartig gewesen. Einfach toll. Dawson hätte es selbst nicht besser machen können in einem seiner Filme.

»Sie werden die Bucht mit dem Schleppnetz absuchen müssen, um deine Leiche zu finden«, drohte Dawson.

Plötzlich tauchte Nellie in der Comedy-Ecke auf und schwenkte ein Videotape. Schlechtes Timing. Pacey fing gerade an, sich so richtig auf Dawson einzuschießen. Andererseits gab es für Nellie nie richtiges Timing, egal, was gerade los war. Als Starlet von eigenen Gnaden mit unnatürlich blonden Locken und Lippen so rot wie ein Stoppschild, war Nelly eine alptraumhafte Karikatur von Courtney Love, Marilyn Monroe und Shirley Temple, zur Sicherheit noch mit einem Schuß Cyndi Lauper aufgemotzt. Pacey war nur froh, daß die Westen an ihm und Dawson besser aussahen.

»Kommt *Forrest Gump* in die Komödien- oder Drama-Abteilung?« fragte sie.

»Wie oft willst du das denn noch fragen?« antwortete Pacey mit einer Gegenfrage.

»Es gehört in die Drama-Abteilung«, lieferte Dawson die Antwort.

»Vielen Dank, Dawson«, sagte Nellie nachdrücklich und blickte Pacey strafend an. Dann drehte sie sich um und entfernte sich in Richtung Drama.

»Gehirnamputiert«, murmelte Pacey.

Nellie wirbelte zurück, ihr Gesicht sprach Bände. »Entschuldige bitte«, sagte sie, wobei ihr Ton deutlich machte, daß sie sich ganz und gar nicht entschuldigen wollte. »Was hast du gerade gesagt? Hast du etwa eine abfällige Bemerkung über mich gemacht? Denn wenn es so war – und sag mir bitte, falls ich mich täusche –, möchte ich dich daran erinnern, wer du bist.«

Pacey zuckte gelassen mit den Schultern. »Ich weiß, ich weiß. Deinem Vater gehört der Laden.«

»Nein, ich spreche über deine Rolle im riesigen Getriebe der Welt«, erwiderte Nellie theatralisch und hitzig, während Pacey völlig ruhig blieb.

»Und wer bin ich also, Nellie?« fragte er, wobei es ihm ziemlich egal war, was sie antwortete.

»Niemand! Das ist der Punkt. Du bist gar nicht da. Du existierst nicht einmal. Denn wenn du existieren würdest, müßte ich vielleicht auf deine lächerlichen kleinen, halblauten Bemerkungen eingehen, aber statt dessen tröstet mich der Gedanke, daß du ein Phantom bist. Pschschscht!« Nellie tat so, als sprühe sie Nebel aus der Dose in den Raum. »Pschscht!« Sie wedelte mit den Händen vor sich herum, um klarzumachen, daß Pacey sich in Luft aufgelöst hatte. »Nichtexistierendes Nichts. Psschscht!« Sie war deutlich zufrieden mit ihrer Darstellung.

Oh Mann! Pacey sah ihr nach, als sie davonging. Voll gehirnamputiert!

Die Glocke über der Tür kündigte die Ankunft eines weiteren Kunden an. Pacey blickte zur Tür und merkte, wie er schlagartig rot wurde. Die Frau war einfach umwerfend. Sie hatte dunkelblondes, etwas mehr als schulterlanges Haar und hohe Wangenknochen und trug ein kurzes Kleid. Okay, sie war nicht unbedingt in Paceys Alter. Aber sie hatte genau an den richtigen Stellen Kurven, und so bewegte sie sich auch, und ihr Gesicht lag auf der Punkteskala immer noch bei mindestens 9, oder sogar 9,5.

»Oh, mein Gott. Sieh dir die an«, sagte Pacey leise.

Dawson blickte auf. »Zeig etwas Respekt«, sagte er. »Sie könnte ja deine Mutter sein.«

Tja, Dawson wollte es wohl nicht anders. »Ich weiß aus verläßlicher Quelle, daß Mütter ein aufregendes Sexleben haben«, erwiderte Pacey und hob vielsagend die Augenbrauen.

Die Frau kam zur Theke. Sie lächelte. Sie lächelte Pacey an. Ihm wurde richtig warm.

»Guten Tag«, hörte Pacey Dawson sagen. »Können wir Ihnen helfen?«

»Ja, bitte«, antwortete sie mit einer angenehmen Stimme. »Ich bin zum ersten Mal hier und möchte ein Video ausleihen.«

Pacey nahm einen Screenplay Video Mitgliedsantrag und schob sich vor Dawson. »Aber gerne. Sie müssen nur dies hier ausfüllen und es mir zusammen mit Ihrer Kreditkarte geben.« Er drängte Dawson beiseite.

Dawson nahm sich einen Stapel Videos und ging in Richtung der Regale. Die Frau begann, den Antrag auszufüllen. Die Finger, die den Stift hielten, waren lang und schmal.

»Also sind Sie neu in der Stadt?« fragte Pacey. »Ich habe Sie noch nie in der Gegend gesehen.« Die interessanten Frauen waren nie von hier.

Sie blickte ihm geradewegs in die Augen. Braune Augen, lange Wimpern. Ein paar zarte Fältchen um die Augen, aber das wirkte sexy. Erfahren. »Ja, ich bin neu hier. Mein Name ist Tamara.« In ihren Worten lag ein sexy Unterton »Und wie heißen Sie?«

»Pacey.« Er schluckte. »Nett, Sie kennenzulernen.«

Tamara schob den Mitgliedsantrag zurück über die Theke, zusammen mit ihrer Kreditkarte. Sie sah weiter in Paceys Augen.

Und er wiederum blickte zurück, konnte nicht wegschauen. »Darf ich Ihnen nun bei der Auswahl eines Videos behilflich sein?«

»Vielleicht. Ich bin in der Stimmung für eine Liebesgeschichte.« Er hatte es gehört. Geradewegs aus ihrem sinnlichen Mund. Sie lächelte ihn an.

Er gehörte ihr, war ihr Sklave. »Ähm ... tja, die neuen Filme sind ...«

»Nein«, unterbrach Tamara. »Ich bin altmodisch. Durch und durch.«

Tatsächlich? Die Frau war wirklich heiß. Pacey brachte fast nichts mehr heraus. »Ähm ... ja ... die Klassiker sind ...«

»Wo finde ich denn *Die Reifeprüfung*?« fragte sie.

Er bildete sich das nicht nur ein. »*Die Reifeprüfung*? Warten Sie mal ... das war doch der ...«

»Wo Anne Bancroft als ältere Frau den jungen Dustin Hoffman verführt.«

Pacey schluckte, seine Kehle war trocken. »Ähm, warten Sie mal.«

Wie ein lästiger großer Bruder tauchte Dawson mit dem Video in der Hand auf. Er reichte es Tamara. »Ich habe es zufällig gerade hier. Können wir Ihnen sonst noch irgendwie behilflich sein?« fragte er ruhig.

Mach die Fliege, Dawson!

»Nein. Das dürfte reichen«, antwortete Tamara. »Was bekommen Sie?«

Zu spät. Dawson hatte die Party verdorben.

»Sie bezahlen bei Rückgabe«, erklärte Dawson. »Vergessen Sie Ihre Kreditkarte nicht.« Er schob sie ihr hin. »Viel Spaß beim Film.«

»Oh ja, danke«, erwiderte Tamara. Sie drehte sich um, um zu gehen. Aber sie blickte über ihre Schulter und lächelte Pacey noch einmal vielsagend zu. »War nett, Sie kennenzulernen, Pacey.«

»Oh, ja ... ähm«, stieß Pacey hervor, unfähig, die richtigen Worte zu finden. Er sah ihr nach, als sie zur Tür ging – das sanfte Wiegen ihrer Hüften, die leichte Rundung ihrer Waden. Die Glocke klingelte, als sie den Laden verlassen hatte und die Tür hinter ihr zufiel.

»Mach den Mund zu, es zieht«, sagte Dawson.

»Sie hat mit mir geflirtet«, schwärmte Pacey.

»Sie hat sich über dich lustig gemacht.«

»Auf keinen Fall.« Pacey war sich sicher. Er hatte es gespürt. Er hatte schließlich gehört, was sie gesagt hatte, hatte ihren Blick auf sich gespürt. »Sie wollte mich«, sagte er stolz.

»Sie wollte Dustin Hoffman.« Dawson nahm einen weiteren Stapel Videos und ging zurück, um sie mit Nellie zusammen einzusortieren. Pacey starrte auf die Tür, der letzte Anblick von Tamara war in seine Erinnerung förmlich eingebrannt.

Dawson kam um die Ecke seines Hauses, einen Stapel Videokassetten unter dem Arm. Die Sonne ging gerade unter, voll und rot über dem anderen Ende der Bucht und der sanften Hügellandschaft. Um die Sonne herum war der Himmel rosa und gelb, die Wolkenfetzen spiegelten die feurigen Farben in dem dunkler werdenden blauen Himmel darüber. Draußen, über dem Meer, stieg bereits der Mond sichelförmig auf.

Dawson sah sie sofort. Er spürte ihre Anwesenheit sogar noch, bevor er sie gesehen hatte. Jen saß auf dem Steg, ihre Füße baumelten im Wasser. Ihre Silhouette hob sich gegen die untergehende Sonne ab. Perfektes Profil. Er zögerte. Sollte er zu ihr gehen? Sie sah so ruhig und friedlich aus. Er machte einen unsicheren Schritt auf sie zu, dann blieb er stehen.

Sie drehte sich um und entdeckte ihn. »Hey!« Sie winkte ihm zu.

Dawson verspürte eine gewisse Erleichterung. »Hey.« Irgendwie war er ein wenig außer Atem. »Wie geht's deinem Großvater?« Er setzte sich neben sie. Nahe, aber nicht zu nahe.

»Tja ... er atmet – gutes Zeichen«, sagte Jen mit einem zaghaften kleinen Lachen. »Grams allerdings stellt eine ziemliche Herausforderung dar. Sie hat diese fromme Gesinnung. Andauernd betet sie, was wirklich unangenehm ist, weil ich's mit diesem Gottes-Zeug überhaupt nicht so habe.«

Jen blickte auf den Stapel Videos, den Dawson mit sich trug.

»Laß mal sehen, was du da hast«, wechselte sie das Thema und streckte die Hand nach seinen Videobändern aus. »*Verräterischer Sumpf*? *Humanoiden aus der Tiefe*? *Kreatur der Schwarzen Lagune*?«

»Recherchen«, erklärte er. »Ich mache einen Film.«

»So jung und schon so ehrgeizig.« Jen klang beeindruckt.

Dawson verspürte leichten Stolz. Aber er wollte nicht angeberisch wirken. »Ich bin fünfzehn. Spielberg begann mit acht Millimeter, als er dreizehn war.«

»Und warum gerade Filme?« fragte Jen. »Was fasziniert dich daran?«

Das war leicht. Diese Frage hatte er schon öfter zu beantworten gehabt. »Ich lehne die Realität ab.«

»Oh!« Jen lachte.

Dawson ergriff die Gelegenheit und fragte: »Möchtest du vielleicht mein Studio sehen?«

Jen lächelte ihn an.

Dawsons Zimmer war ein Schrein zu Ehren Steven Spielbergs. Poster bedeckten jede Wand; ein E.T. aus Plüsch saß auf einem Regal neben einer kleinen Ausgabe des Weißen Haies, dessen berühmte Kiefer aus Hartplastik waren. Große und kleine Spielzeug-Dinosaurier – Jurassic-Ära – stapften über den Boden. Ein gerahmtes Foto des berühmten Filmemachers selbst nahm den Ehrenplatz auf Dawsons Schreibtisch ein.

Dawson sah zu, wie Jen sich alles nacheinander anschaute. »Laß mich mal raten: Spielberg-Fan?« meinte sie dann.

»Ich bete diesen Mann praktisch an«, gab Dawson zu.

»Wahnsinn«, sagte Jen. Hieß das gut oder schlecht?

»Ich habe seine Karriere an diesen Wänden aufgezeichnet«, sagte Dawson und machte sich ein wenig über sich selbst lustig. »Du wirst bemerken, daß alles in absteigender Reihenfolge nach Kassenerfolgen angeordnet ist, das geht los mit *Blockbusters*, *Jurassic Park*, *E.T.*, *Der Weiße Hai*, die *Indiana Jones*-Serie.« Er deutete nacheinander an die Wände. »Und du folgst ihnen bis zur Wand mit den Kritikerstimmen.« Jen betrachtete die Poster, die die Wände von Dawsons Zimmer füllten.

»Sagt dir der Begriff ›zwanghafte Realitätsverleugnung‹ was?«

»Es geht sogar weiter«, sagte Dawson und kehrte absichtlich eine gewisse Eitelkeit heraus. »Ich glaube fest daran, daß die Geheimnisse des Universums und die Antwort auf alle Fragen des Lebens in einem Spielberg-Film gefunden werden können. Es ist eine Theorie, an der ich schon länger arbeite. Sobald ich ein Problem habe, muß ich mir nur den richtigen Spielberg-Film ansehen, und die Antwort wird mir offenbart.«

Jen hob eine Augenbraue. »Hast du schon mal ein Zwölf-Stufen-Programm zur Heilung von Neurosen in Erwägung gezogen?«

»Witz und Verstand. Das mögen wir hier«, sagte Dawson. Mann, ihr Verstand war so scharf, wie sie aussah.

»Also war das dein eigener Film, den ihr heute morgen draußen am Pier gedreht habt?«

»Ja. Filmkritiker in Boston haben einen Wettbewerb für junge Filmemacher ausgeschrieben. Ziemliche Konkurrenz. Abgabefrist ist in zwei Monaten. Ich bin also wirklich ganz schön unter Druck.«

»Jennifer!« Er hörte eine Frauenstimme von draußen rufen. Es war weit weg, aber es entging ihm nicht, welche Schärfe darin lag.

Jen ging zum Fenster. Dawson stellte sich neben sie und sah hinaus. Er konnte die Umrisse der Frau von nebenan sehen, die auf ihrer Veranda stand. Jens Großmutter.

»Ich gehe jetzt lieber«, sagte Jen. »Ich will ja nicht, daß sie gleich durchdreht.« Sie machte einige Schritte auf die Tür zu. »Bis dann.«

»Wir sehen uns in der Schule«, sagte Dawson. Als Jen draußen war, breitete sich sein Lächeln über das ganze Gesicht aus. Er drehte sich zum Spielberg-Foto. »Nett, was?«

Joey hatte einen bitteren Geschmack im Mund. Sie balancierte gefährlich weit oben auf der Leiter, die zum ersten Stock von Dawsons Haus führte.

Sie sah Jen über die Wiese zum Haus ihrer Großeltern laufen. Das neue Mädchen arbeitete schnell. Den ersten Tag hier, und sie hatte bereits Dawsons Zimmer besichtigen dürfen.

Joey kletterte aufs Verandadach und blickte durch Dawsons Fenster. Sie sah ihn zwei Fernbedienungen nehmen, in jede Hand eine. Nun drückte er auf die eine, und das Fernsehgerät ging an. Er drückte auf die andere, und der Videorecorder schaltete sich ein. Eine Aufzeichnung der Nachrichtensendung seiner Mutter war zu sehen. Was machte er denn da?

Joey kletterte durch das Fenster hinein.

Dawson blickte auf. »Hallo, Joey, wo warst du denn so lange? Sieh dir das mal an.«

Als Joey sich vor den Fernseher setzte, spulte Dawson erst noch ein Stück zurück, dann drückte er auf Play. Seine Mutter war zu sehen, mit ihrer neuen Frisur, wie sie die Nachrichten vorlas. »Wählen Sie 555-5982«, bat sie gerade. Die Kamera fuhr zurück und zeigte ihren Co-Sprecher neben ihr. »Und damit zurück zu dir, Bob.«

»Glaubst du, meine Mutter schläft mit ihm?« fragte Dawson.

Joey starrte Dawson an. »Wie kommst du denn darauf?« Dawson hatte es tatsächlich geschafft, sie von dieser Jen abzulenken. Zumindest ein wenig.

»Sieh es dir noch mal an«, befahl Dawson. Er spulte kurz zurück, dann drückte er wieder auf Play.

Auf dem Bildschirm blickte seine Mutter zu ihrem Co-Sprecher. »Und damit zurück zu dir, Bob«, sagte sie wieder, genau wie immer.

»Irgendwas an ihren d's«, erklärte Dawson. »Sie sind zu weich. ›Ddddamit zurück zu ddddir, Bob.‹ Verstehst du?« Er spulte wieder zurück.

»Du bist ja verrückt«, sagte Joey. »Weshalb sollte deine Mom mit ihrem Co-Sprecher schlafen? Dein Dad ist das perfekte männliche Wesen.« Dawson sah ihm ehrlich gesagt ziemlich ähnlich, in jüngerer Version.

»Ich weiß nicht, aber ich habe einfach so den Eindruck«, erklärte Dawson.

»Du suchst lediglich wieder mal nach einem Konflikt. Alles ist für dich ein mögliches Drehbuch. Akzeptiere einfach, daß du ein perfektes Leben hast, Dawson. Das ist die Realität.« Jeder sollte es so gut haben. Joey war über Dawsons Haltung stärker verärgert als sonst. Er hatte alles. Einfach alles.

Joey blickte aus dem Fenster und atmete tief aus. Gegenüber sah sie gerade Jen ihre Veranda betreten. Das neue Mädchen. Das fröhliche, sonnige neue Mädchen. Und jetzt sah es so aus, als ob Dawson zu allem anderen auch noch sie wollte. Joey drehte sich zurück zu Dawson. Er hatte auf ihren Ausbruch nichts erwidert, sondern fuhr statt dessen fort, seine Mutter beim Sprechen der Nachrichten zu beobachten.

Joey beobachtete ihn beim Beobachten. Das Gesicht, das sie so gut kannte. Sie hatten sich darauf geeinigt, Freunde zu sein. Für immer Freunde zu sein. So hatten sie es gewollt. Joey war für immer seine beste Freundin. Die, mit der er herumhing. Die, der er alles erzählte. Auch wenn sie nur Freunde waren. Besonders, weil sie nur Freunde waren. Dawson bestand darauf, daß sich das nicht ändern mußte. Niemals. Aber Dawson war mit der Realität sowieso nicht so vertraut. Er hatte es nie sein müssen.

4

Die Sonne war schon ziemlich warm. Sie stand immer noch tief am morgendlichen Himmel, doch sie schien machtvoll über die Bucht. Jen konnte sie von ihrem Fenster aus sehen – dem Fenster ihres neuen Zimmers im Haus ihrer Großeltern. Nicht wie die Türme aus Stahl, Stein und Glas, die zu sehen sie gewohnt war, wenn sie in New York aufstand. Jen konnte die feuchte Wärme spüren, die aus dem Wasser der Bucht aufstieg und in ihr Zimmer drang, während sie sich für den ersten Tag an ihrer neuen Schule ankleidete.

Kurzer weißer Jeansrock, hellblauer, kurzärmeliger Pulli. Sie blickte in den Spiegel über ihrer Kommode. Das Outfit war unauffälliger, als sie es in New York gewählt hätte. Gut. In dieser Gegend mußte man keine Modenschau abziehen. Das stand schon mal fest. Und das war ihr eigentlich auch recht. Sie nahm ihre große Leinentasche mit einem neuen Block darin und hängte sie sich über die Schulter. Dann verließ sie ihr Zimmer und ging den Flur entlang.

Die Tür zum Zimmer ihres Großvaters stand leicht offen. Jen stieß die Tür mit dem Arm ein wenig weiter auf und spähte hinein. Sie konnte ihren Großvater in seinem großen Bett in der Mitte des Zimmers schlafen sehen.

Sonst befand sich nicht mehr viel im Zimmer. Ein Stuhl. Eine Kommode. Ein Nachttisch – mit einer Riesenmenge an Medikamenten darauf. Drogen. Jen merkte, wie eine gewisse Sorge in ihr aufstieg.

Leise betrat sie das Zimmer. Sie blieb am Bett ihres Großvaters stehen und betrachtete ihn im Schlaf. Er sah ganz gut aus, wenn man bedachte …

»n' Morgen, Grandaddy«, sagte sie leise.

Der eine Arm lag auf der Zudecke, seine Hand so zerbrechlich wie ein kleiner Vogel, die Haut dünn und durchsichtig wie Pergament, das zarte Netzwerk von Adern deutlich sichtbar. Sein Leben lief durch diese Venen und Arterien. Jen streckte zögernd die Hand aus. Mit einem Finger berührte sie seine Hand, fuhr sanft eine bläuliche Linie nach. Seine Hand fühlte sich kräftiger an, als sie aussah. Jen blickte in sein Gesicht, aber es kam keine Reaktion auf ihre Berührung.

Sie nahm seine ganze Hand in ihre. Drückte sie sanft, aber fest. Immer noch nichts. Ihr Blick wanderte zu seiner Brust, die sich beinahe unmerklich hob und senkte. Sein Pyjamahemd stand oben offen. Sie blickte auf die nackte, haarlose Haut und fühlte eine Welle von Neugier. Und Mitgefühl. Sie hatten ihn geöffnet, wie man ein Hühnchen aufschneidet. In ihn hineingeschaut. Sein Herz in ihren Händen gehalten. Sein Leben in ihren Händen gehalten.

Sie ließ seine Hand los und schlug sein Pyjamahemd weiter auseinander. Scharf sog sie die Luft ein. Eine riesige, dunkle Narbe war zu sehen. Der lange Schnitt war peinlichst genau zusammengenäht worden, und durchsichtige neue Haut hatte sich darüber gebildet, aber es war trotzdem grausig beeindruckend.

»Was tust du denn hier?«

Jens Puls setzte einen Schlag aus. Sie drehte sich erschrocken um und sah ihre Großmutter an. »Ähm . . . ich wollte nur . . . guten Morgen sagen.«

Grams hatte einen leicht zweifelnden Ausdruck in ihren blassen Augen. »Dein Frühstück ist fertig«, verkündete sie eher steif.

Grams sah jünger aus als die meisten der Großeltern von Jens Freunden, oder zumindest hätte sie jünger ausgesehen, wenn sie nicht diese Alte-Damen-Schürze über ihrem steifen Rock und ihrer Bluse getragen hätte und ihr braunes Haar, das leicht mit grauen Strähnen durchzogen war, nicht so streng zurückgekämmt hätte. Die reservierte, fast förmliche Art, wie sie sich zurechtmachte, ließ sie viel älter erscheinen.

Sie und Jen betrachteten einander mit Vorsicht. Was glaubte Grams denn? Sie hatte nur ein wenig Zeit bei ihrem Großvater verbracht. Jen spürte die Stille zwischen ihnen. Wie war sie nur hier gelandet? Dann blickte sie auf ihren schlafenden Großvater und spürte, wie die Spannung von ihr wich.

»Ich bin froh, daß ich hier bin, Grams.« Und während sie es sagte, wußte sie, daß sie es ernst meinte. Das war Grams, bei der sie als kleines Mädchen manchen Sommer verbracht hatte. Grams, die sie liebte. Alles würde nun gut werden. Dafür würde Jen sorgen.

Grams betrachtete Jen noch einen weiteren Moment prüfend. Dann schien sie ein wenig nachzugeben. »Du solltest dich lieber beeilen. Du willst doch an deinem ersten Tag nicht zu spät kommen.«

Der erste Tag. Eine neue Schule. Jen verspürte eine

leichte Nervosität. Sie war eigentlich nicht besonders scharf darauf, dorthin zu gehen, außer vielleicht, um es hinter sich zu bringen.

Einige Minuten später saß sie am schweren Eichentisch in der großen alten Küche ihrer Großmutter. Kleine Töpfe mit Kräutern standen auf dem sonnenbeschienenen Fensterbrett. Grams hantierte geschäftig am altertümlichen Ofen herum, stellte die Gasflammen niedriger, rührte und wendete den Inhalt von zwei schwarzen gußeisernen Bratpfannen. Der Geruch von Speck und Kaffee erfüllte die Luft.

»Weißt du, normalerweise esse ich morgens gar nichts«, informierte Jen ihre Großmutter, als diese einen riesigen Teller mit Eiern und Speck vor sie stellte. »Aber trotzdem vielen Dank für deine Mühe.« Sie wollte nicht, daß Grams gleich wieder einfror. »Es ist nur so, daß meine Augen sich bis mittags noch kaum öffnen. Ein Kaffee reicht mir völlig.«

Grams goß einen Becher mit Kaffee ein. »Ich werde das zukünftig berücksichtigen«, sagte sie und ließ sich nicht weiter anmerken, was sie dachte. Sie stellte eine Kaffeetasse an Jens Platz und goß sich selbst auch eine ein.

Jen nahm einen Schluck. Stark. Schwarz. Gut. So viel hatte sie Grams schon mal verklickert. »Also erzähl mir doch mal was über diesen Dawson von nebenan. Er sieht so anders aus. Ich hatte ihn klein und gedrungen in Erinnerung.« Sie dachte daran, wie Dawson jetzt aussah, und gestattete sich ein Lächeln.

Sie merkte, daß Grams sie musterte. »Von ihm hältst du dich besser fern. Der Junge bedeutet Ärger.«

»Gilt das nicht für alle?« sagte Jen unbefangener, als sie

sich fühlte. »Und dieses Mädchen von weiter unten an der Bucht – Joey, glaube ich, heißt sie?«

Grams gefiel die Wendung, die dieses Gespräch nahm, anscheinend gar nicht. »Dieses Mädchen steigt die ganzen letzten zehn Jahre schon ins Fenster des Jungen von nebenan.«

Tatsächlich? Jen war ziemlich erstaunt. Und enttäuscht. Sie hätte nicht gedacht, daß sie Dawson falsch verstanden hatte.

»Und keiner von beiden geht in die Kirche«, fügte Grams hinzu. »Ich glaube, sie sind das, was man schlechte Gesellschaft nennt.«

Falsch. »Ach so«, sagte Jen.

Ihre Großmutter trug ihren eigenen Frühstücksteller an den Tisch. Sie setzte sich neben Jen und faltete die Hände. »Sprich das Dankgebet, mein Kind.«

Jen blickte in ihren Kaffeebecher. »Schon in Ordnung. Sag du es nur«, erwiderte sie ruhig.

»Es wäre nett, wenn du es tun würdest.«

Was nun? »Lieber nicht, Grams. Trotzdem vielen Dank«, sagte Jen höflich.

Ihre Großmutter blickte sie streng an. »Gibt es irgendeinen Grund, warum du unserem Herrn heute morgen nicht danken willst?«

Jen fuhr sich mit der Hand durchs Haar. Sie gab sich wirklich Mühe, aber Grams legte es darauf an. »Oh Grams, ich wollte eigentlich nicht damit anfangen, nachdem ich gerade erst angekommen bin und sowieso so leicht Kopfschmerzen bekomme«, erklärte sie, »aber ich hab's einfach nicht so mit Gebet und Kirche und diesem Bibelzeug.«

Der dünne Waffenstillstand mit Grams war vorbei. »Wie bitte?«

Es gab nur eine Möglichkeit, das zu erklären – geradeheraus. »Ich glaube nicht an einen kirchlichen Gott. Ich bin Atheistin«, sagte Jen so ehrlich und sanft wie sie konnte. Na also. Sie hatte es gesagt. Ihre Großmutter starrte sie an, zu schockiert für eine Antwort. Ihre gefalteten Hände fielen auf den Tisch.

Dawson lag im Bett und sah sich halbherzig die Morgennachrichten an. »Ein Schiffsunglück in Indien hat dreiundvierzig Menschenleben gekostet«, verkündete der Nachrichtensprecher. »Noch ein kurzer Blick auf das Wetter: Wir haben heute einen warmen, sonnigen Tag vor uns. Mehr dazu nach der Werbung.«

Draußen fiel eine Tür ins Schloß. Die Tür des Hauses gegenüber. Dawson setzte sich im Bett auf und blickte aus dem Fenster. Jen! In einem himmelblauen Oberteil und einem kurzen weißen Rock, der die langen Beine zur Geltung brachte, ihr Haar schimmerte in der Morgensonne. Sie ging die Einfahrt ihrer Großeltern entlang, der Inbegriff von High School-Lieblichkeit, eine Büchertasche schwenkend.

Dawson war im Nu aus dem Bett. Seine bloßen Füße berührten den Boden. Er mußte schließlich zur Schule.

Es sah aus wie eine Schule. Irgendeine Schule. Jede Schule. Die perfekte Schule. Die perfekte Kleinstadt-Schule auf einem grünen Rasen, ein dreistöckiges, rotbraunes Backsteingebäude mit breiten Stufen, die zu den Eingangstüren führten, eine Uhr mit römischen Ziffern über dem Eingang, die zeigte, daß noch eine Viertelstunde Zeit war, bevor irgend jemand wirklich irgendwo sein mußte. Überall waren Jugendliche, strömten in das Gebäude, breiteten sich auf dem Rasen aus, tauschten High-fives, Low-fives und Neuigkeiten des Sommers aus. Musik tönte über die Wiese, ein Rap kam aus dem Ghettoblaster, den irgendeiner mitgebracht hatte. Zwei Jungs spielten Fußball. Ein Mädchen mit langem rotem Haar warf einer Freundin eine Frisbeescheibe zu. Ein Pärchen küßte sich unter einem Baum.

Eigentlich sah es genauso aus, wie eine Schule aussehen sollte. Zumindest im Film. Zumindest für Jen. Ihre Schule zu Hause war ein dreiteiliges Gebäude aus braunem Sandstein in einem Häuserblock mitten in der Stadt.

Jen ging über die Wiese, der Boden unter ihren Sandalen war weich. Sie konnte sich nicht ganz des Gefühles erwehren, daß sie sich in einer Bühnenkulisse bewegte. Einer Kulisse, wo alles und jeder für sie neu war. Allein die Tatsache, daß sie hier war, schien unwirklich. Sie stieg die Stufen zum Haupteingang hoch und blinzelte, als sie aus dem hellen Sonnenschein in die mit Leuchtstoffröhren erhellte Eingangshalle der Capeside High trat.

Die Schränke befanden sich am anderen Ende eines überfüllten Flurs. Jen ging darauf zu und suchte nach einem vertrauten Gesicht. Nach Dawson. Oder Joey. Oder diesem Typ namens Pacey. Aber sie entdeckte keinen von ihnen. Sie fand ihren Schrank, Nummer 167, oberste Reihe. Sie drehte am Nummernschloß und stellte die Kombination ein, öffnete das Schloß. Nicht, daß sie schon irgend etwas gehabt hätte, was sie hineinlegen konnte.

Sie zog ihren Stundenplan aus der Tasche und studierte ihn nervös: Bio, Englisch, Studiensaal.

»Hi!« Ein Mädchen mit blonden Locken und grellem Lippenstift trat zu ihr. »Ich bin Nellie Olson.«

Jen stand kurzzeitig auf der Leitung. »Nellie Olson? Wie in …«

»Ich weiß, ich weiß«, unterbrach Nellie Olson sie. »*Unsere kleine Farm* war so was wie die Lieblingssendung meiner Eltern. Aber keine Vorurteile, ja? Ich bin ganz und gar nicht wie diese Nellie.«

Wie auch immer. »Hi, ich bin Jen.«

»Aus New York City. Ich weiß. Wie geht es deinem Großvater? Wir haben uns alle solche Sorgen um ihn gemacht«, sagte Nellie mit übertriebener Besorgnis. »Wir beten immer noch für ihn in der Kirche. Gehst du auf Partys?«

»Wie bitte?« Vom Kirchengebet zu Partys, ohne eine Atempause?

»Par-tys«, wiederholte Nellie überbetont.

Ja, Jen hatte richtig gehört. Sie versuchte, cool zu bleiben. »Meinst du, ob ich gerne Spaß habe? Oder meinst du Trinken-und-Drogen-Partys?«

»Das ist subjektiv.« Nellie klang erfreut über ihre eigene Formulierung.

»Ich habe gerne Spaß, ohne irgendwelche Hilfsmittel«, fügte Jen hinzu. Das würde wohl reichen.

Nellie sah enttäuscht aus. »Vielleicht sollten wir dich Nellie nennen. Bis dann.« Sie ging weiter, und im gleichen Augenblick traf Dawson ein. Jen sah ihr mit einem Stirnrunzeln nach.

»Hallo, wie geht's?« fragte Dawson.

»Ich brauche eine Zigarette«, sagte Jen, ohne nachzudenken.

»Du rauchst?« Dawson klang überrascht.

»Ich habe aufgehört«, antwortete Jen schnell. »Bin nur ein wenig nervös.«

»Das verbirgst du aber gut.« Dawson lächelte sie an.

»Ich habe ein hervorragendes Abwehrsystem«, sagte Jen ernst, obwohl sie sich gleich weniger als Außenseiterin fühlte, jetzt, da sie mit jemandem, den sie kannte, plaudern konnte.

»Es ist der erste Tag«, sagte Dawson. »Da sind wir alle nervös. Das wird sich bald legen.«

Der Typ war wirklich süß, egal, was zwischen ihm und Joey lief.

»Wie sieht dein Stundenplan aus?« fragte er. »Bei meinem haben sie schon Mist gebaut. Was hast du in der ersten Stunde?«

Jen sah auf das Papier in ihrer Hand, obwohl sie bereits oft genug daraufgesehen hatte, um den Plan auswendig zu kennen. Dawson trat neben sie, und sie guckten sich den Stundenplan gemeinsam an. Ein paar Jungs, die sich ein Rennen lieferten, rempelten ihn an, und er trat noch näher zu ihr.

»Brinson – Biologie«, sagte Jen und spürte Dawson dicht neben sich.

»Ich gehe auch gerade in diese Richtung«, sagte Dawson.

Jen schloß ihren Schrank. »Ach ja?« Sie sah zu ihm hoch und lächelte. Sie war froh, Gesellschaft zu haben, als sie den Flur hinunterging.

Pacey alberte vorne im Klassenzimmer herum. Die Plätze waren zur Hälfte besetzt, und es strömten weitere Schüler herein. Die meisten achteten nicht weiter darauf, als Pacey das größte Buch, das er finden konnte, auf seinem Kopf balancierte.

Ganz plötzlich kam sie durch die Tür des Klassenzimmers. Unmöglich. Er mußte sich das einbilden. Tamara! In der Schule! Aber auch wenn sie eine Halluzination war und nur in seiner Phantasie existierte, so war sie doch ein oder zwei Grad zugeknöpfter als am Vortag. Er blinzelte. Sie war immer noch da, in einer weißen Bluse aus Satin und einem hellbraunen Rock, der fast ihre Knie erreichte. Ihre Kurven waren immer noch sichtbar, aber nicht mehr so viel bloße Haut.

Pacey spürte den Webster's rutschen. Er schlug laut auf dem Boden auf. »Tamara?« stieß er hervor.

Sie lächelte ihn an. Auch einige Grad zugeknöpfter. Und dann ging sie auf das große Pult vorne im Zimmer zu und legte einen Stapel Bücher darauf. »Hallo, Pacey. Was hältst du davon, wenn du mich während der Schulstunden mit Miss Jacobs anredest?«

Jacobs? Pacey hatte das Gefühl, sein Unterkiefer befände sich mittlerweile unten auf dem Boden neben dem Wörterbuch. Erste Stunde Englisch – Miss Jacobs. »Ja, sicher ... natürlich«, stammelte er.

Er konnte sich nicht mehr erinnern, wie er zu seinem Platz gekommen war. Er wandte den Blick nicht von Tamara – Miss Jacobs. Sie war es. Selbst in dem hellbraunen Rock. Nur noch mehr Kleidung, die er in Gedanken ausziehen konnte.

Ausziehen? Nun mach mal Pause! Diese Miss Jacobs

war seine Englischlehrerin! Pacey sah ihr zu, wie sie einige Papiere hin und her schob und sich für die Stunde vorbereitete. Unglaublich. Das konnte einfach nicht wahr sein.

Tja, jeden Morgen würde er als erstes sie zu sehen bekommen. Ein guter Start in den Tag. Und sie war in Stimmung für eine Liebesgeschichte. Sie hatte es selbst gesagt. Zu ihm.

Joey saß an ihrem Tisch, kritzelte in ihrem Block herum und wartete darauf, daß Brinson auftauchte. High School. Auch nicht so viel anders. Schule war Schule, im großen und ganzen. Größtenteils die gleichen Gesichter. Capesides lebende Versionen von Barbie und Ken saßen nebeneinander in der ersten Reihe. Joey war mit beiden schon seit Jahren zur Schule gegangen. Dazu bestimmt, zu heiraten, eine Horde Kinder zu kriegen und sich scheiden zu lassen, alles bis zum dreißigsten Lebensjahr. Gerade eben war Marla Adams durch die Tür gekommen. Und ... Jen. Miss Nachbarin. Gleich hinter Marla.

Joey rutschte in ihrem Stuhl nach unten, doch es war zu spät. Jen lächelt sie an und kam auf sie zu.

»Hi. Ich hatte schon gehofft, daß wir eine Stunde zusammen hätten«, sagte Jen freundlich und setzte sich auf den Platz neben Joey.

»Und so ist es nun auch schon«, erwiderte Joey tonlos. Sie wünschte, die Glocke würde zum zweiten Mal läuten.

5

Leise betrat Dawson Mr. Golds Klassenzimmer. Der Lehrer saß ganz vorne allein vor einem großen Bildschirm, die Reihen von Tischen und Stühlen hinter ihm waren unbesetzt.

Auf dem Bildschirm, in Schwarzweiß, betrat eine Frau ebenfalls einen Raum. Vera Miles. Dawson erkannte die Szene sofort. Schnitt auf eine vertrocknete, totenstille Gestalt, die in einem Lehnstuhl saß, das weiße Haar zu einem Knoten zusammengebunden.

»Mrs. Bates?« Vera Miles' Stimme hatte einen besorgten Klang.

Dawson trat hinter Mr. Gold. »*Psycho.*«

Mr. Gold drehte sich erschrocken um.

Auf dem Bildschirm drehte Vera Miles gerade Mrs. Bates herum und sah sich einer verschrumpelten Leiche gegenüber.

Mr. Gold sah Dawson an. »Du kennst den Film?«

Ob er den Film kannte? »Bitte! Anthony Perkins. Janet Leigh. 1960.« Wer kannte ihn nicht? »Eine der berühmtesten Arbeiten Hitchcocks. Weniger bekannte Hintergründe: In der Szene unter der Dusche überraschte Hitchcock Janet Leigh mit eiskaltem Wasser, um sie dazu zu bekommen, möglichst überzeugend zu schreien.«

Mr. Gold hob eine Augenbraue. »Wußtest du, daß das, was sie als Blut nahmen, in Wirklichkeit ...«

»Schokoladensirup war«, schloß Dawson.

Mr. Gold musterte ihn ein zweites Mal. »Wer bist du?«

»Dawson Leery. Filmemacher.«

Mr. Gold lächelte. »Dann nehme ich an, daß ich dich in der fünften Stunde in meiner Filmklasse sehe?«

»Genau deswegen bin ich hier. Es scheint Schwierigkeiten mit meinem Stundenplan zu geben. Ich durfte Ihre Klasse nicht belegen.« Dawson war erneut erbost. Die wichtigste Stunde auf seinem ganzen Stundenplan, und man hatte es geschafft, genau die wegzulassen.

»Dann bist du neu an der Schule«, stellte Mr. Gold fest.

»Und das ist ein Fehler?« Auf dem Bildschirm schrie Vera Miles gerade eben entsetzt auf.

»Meine Stunde ist sehr beliebt«, erklärte Mr. Gold. »Die Plätze sind beschränkt. Es gibt eine Warteliste. Die höheren Klassen haben Vorrang.«

Dawsons Ärger nahm zu. »Das ist doch bescheuert«, entfuhr es ihm.

»Wie bitte?« Mr. Gold war ebenfalls gereizt.

»Wer hat diese Regel denn gemacht?« wollte Dawson wissen.

»Ich. Es war die einzige Möglichkeit, das Problem gerecht zu lösen.«

Ooops. »Oh ...«, stotterte Dawson. Aber er würde nicht aufgeben. Er hatte gehört, daß Ben Gold ein fairer und anständiger Typ war. Vielleicht ein wenig zugeknöpft – mit Hemd und Krawatte, khakifarbenen Baumwollhosen, die Brille an einer Kette um den Hals, glänzenden Schuhen, aber, heh, er war Teil der Brüderschaft des Filmes. »Haben

Sie schon einmal überlegt, eine Art Prüfung zu veranstalten, um so die besten Kandidaten zu bekommen?«

»Warum bist du so hartnäckig?« fragte Mr. Gold nachsichtig.

»Leidenschaft, Mr. Gold. Reine, verrückte, absolute Leidenschaft. Filme sind mein Leben.«

»Oh, ich verstehe.« Mr. Gold betrachtete den Totenkopf auf dem Bildschirm.

»Es tut mir leid, ich scheine mich etwas unglücklich eingeführt zu haben«, sagte Dawson und wechselte die Taktik. »Der Punkt ist, ich habe vor, Filmemacher zu werden. Es ist mein Lebensziel. Das war es schon immer. Wie viele Studenten in Ihrer Klasse können das von sich behaupten?«

Naja, vielleicht war das nicht so eine gute Frage. Wollte nicht jeder Filme machen? Dawson redete schnell weiter. »Das hier ist eine kleine Stadt. Da gibt es nicht so viele Möglichkeiten für mich. Sie haben die Macht. Sie können problemlos diese bizarre Regel übergehen, die Schülern den Zugang zu ihrer Ausbildung verwehrt.«

Ben Gold lehnte sich in seinem Stuhl zurück. »Du bist sehr überzeugend, Dawson Leery, aber ich fürchte, der Kurs ist voll belegt. Ich wünschte, ich könnte von Fall zu Fall Ausnahmen machen, aber das wäre unfair und problematisch. Es tut mir leid, aber meine Antwort lautet definitiv nein.«

Dawson wollte das einfach nicht gehört haben. »Aber ...«

Mr. Gold sah ihn mit leicht gerunzelter Stirn an. »Nein – Punkt aus.«

Dawson verspürte Wut in sich aufsteigen. Schmerz.

Brüderschaft des Filmes? In diesen glänzenden Schuhen steckten die Füße eines Despoten.

Schon wieder Jen. Joey ging rasch den Flur entlang, doch Jen holte sie ein und lief neben ihr her. Joey sah sie nicht an, aber das schien Jen nicht zu entmutigen.

»Hallo«, sagte sie munter.

»Hallo!« erwiderte Joey ohne große Begeisterung.

»Joey? Kann ich dich etwas Wichtiges fragen?«

Hatte sie denn eine Wahl? »Klar.« Joey ging weiter, und Jen lief neben ihr her.

»Du und Dawson, geht ihr miteinander?« fragte Jen.

Miteinander gehen. Verknallt sein? Denn das bedeutete Jens Frage ja. Joey war versucht zu lügen, um Jen damit auf Distanz zu halten. Aber natürlich gingen sie und Dawson nicht miteinander. Oder zumindest auf eine andere Art, nicht die Art, die Jen interessierte.

»Nein. Natürlich nicht«, antwortete Joey, als sei das eine absurde Idee. »Wir sind nur Freunde.«

»Wie du und ich vielleicht auch einmal werden, hoffe ich«, sagte Jen ernst.

Joey schwieg. Warum gab das Mädchen sich bloß solche Mühe?

Aber Jen war hartnäckig. »Weißt du, Grams hat mich vor dir gewarnt«, sagte sie leichthin. »Sie sagt, du bedeutest Ärger.«

Grams. Diese spießige Alte, die es anscheinend genoß, Joey zu beobachten, wenn sie über die Leiter in Dawsons Zimmer kletterte. Sie mußte Jen was vorgebetet haben. »Tja, ohne dich beleidigen zu wollen, aber deine Grams hat 'nen Schuß«, sagte Joey.

»Warum regt sie sich denn so über dich auf?« wollte Jen wissen.

»Du kannst dir einen Grund aussuchen. Da wäre zum einen mein Dad, der eingebuchtete Kriminelle, und da wäre meine Schwester, die von ihrem schwarzen Freund schwanger ist...« Joey zählte die Tatsachen ihres Lebens an den Fingern auf.

»Dein Vater ist im Gefängnis?« Jen klang ehrlich verblüfft.

»Handel mit Marihuana im Wert von zehntausend Pfund«, rasselte Joey herunter.

»Wow«, sagte Jen, ohne sich dazu weiter zu äußern. »Und wo ist deine Mutter?«

Joey merkte, wie ihre Gefühle sie zu überrollen drohten. Sie widerstand. Sie würde sich nicht davon berühren lassen. Nicht hier. Nicht vor Jen. »Sie hatte Krebs«, sagte Joey betont frivol. »Es hat sie erwischt.«

Und damit hatte sie Jen erwischt. Das merkte Joey. Jen sagte für einige Sekunden gar nichts mehr. Wunderbar. Dann fragte sie: »Dann wohnst du also mit deiner Schwester zusammen?«

»Und ihrem schwarzen Freund. Weißt du, er mag dich.«

»Wer? Der schwarze Freund?«

Es reichte. »Dawson«, sagte Joey. Sie blieb stehen und sah Jen ins Gesicht. »Also tu ihm nicht weh«, befahl sie.

Sie drehte sich um und ging davon. Sie spürte, daß Jen ihr nachblickte. Dieses Mädchen sollte lieber auf sie hören. Diesmal folgte Jen ihr nicht.

6

Die Cafeteria war überfüllt. Der erste Schultag, und man sah bereits, in welche Grüppchen sich die Schüler am Capeside High unterteilten. Die Sportfreaks drüben auf der einen Seite, die mit irgendwelchem Essen herumwarfen und Blödsinn trieben, ganz in der Nähe die typischen Ballköniginnen, die Karotten und Sellerie verspeisten, die sie von zu Hause mitgebracht hatten. Die Drogis schlüpften zur Seitentür hinaus.

Joey stocherte in ihrem Bohneneintopf herum. Gekocht und zu Tode gedünstet. Der Dawson-und-Jen-Show zuzuhören verbesserte ihre Laune auch nicht gerade. Dawson deutete auf die verschiedenen Leute und gab Kommentare dazu ab. Er zeigte mit seiner Plastikgabel auf einen kleinen Lehrer mit kahlem Kopf, der eben vorbeilief.

»Der Mann mit Glatze ist Mr. Herman – gibt ziemlich lahmen Matheunterricht, besitzt jedoch eine fünfundvierziger Magnum. Hat letztes Jahr das Feuer auf zwei Schüler und einen Hausmeister eröffnet.«

»Plädierte auf Totschlag im Affekt. Sie hatten keine Erlaubnis, sich im Flur aufzuhalten.« Jen hatte schnell eine Antwort parat.

»Siehst du das Mädchen in dem komischen schwarzen

Kleid?« Dawson hatte sein nächstes Opfer ausgesucht. »Chronische Alkoholikerin. Nach zwei Gläsern vom billigsten Wein hat sie einen Blackout und läuft nackt durch die Stadt ...«

»Und dabei singt sie Lieder von Neil Diamond«, schloß Jen.

Und damit zurück zu dir, Dawson, dachte Joey genervt.

»Du bist gut«, lobte Dawson Jen. »Ich sollte dich bitten, meine Dialoge aufzupeppen.«

Joey nahm das Drehbuch, das vor ihr auf dem Tisch lag. »Wollten wir nicht eigentlich auch arbeiten, Dawson?«

Dawson sah sie mit einem Gesichtsausdruck an, der besagte: »Wenn du unbedingt meinst«, und sagte: »Ja, klar.« Er nahm ihr das Script aus der Hand und drehte sich damit zurück zu Jen. »Hey, Jen, sieh dir doch mal meinen dritten Akt an. Ich habe da ein Problem mit dem Höhepunkt.«

Problem mit dem Höhepunkt. Es ging doch nichts über gewisse Anspielungen. Joeys Gesicht brannte. Was für eine wunderbare Mittagspause.

Pacey entdeckte sie alleine in ihrem Klassenzimmer, wo sie einen Joghurt und eine Schüssel Obstsalat aß.

»Hallo, Tamara – oops – Miss Jacobs«, verbesserte er sich schnell.

Tamara unterdrückte ein Lachen. »Hallo, Pacey.«

Er merkte, wie er schwach wurde. Aber nicht schwach genug, um aufzugeben. »Wie war *Die Reifeprüfung*?«

»Genau, wie ich den Film in Erinnerung hatte«, antwortete Tamara.

»Sind Sie heute abend auch in der Stimmung für eine Liebesgeschichte?« fragte Pacey gewandt. Tamaras Augen schienen ein wenig größer zu werden. Gut gemacht. Pacey hatte den Satz zwar schon ununterbrochen im Kopf geübt, aber er war selbst überrascht, wie flüssig er ihm über die Lippen gekommen war.

»Warum?« Tamara sah ihn an – auf diese besondere Weise. »Hast du irgendwelche Vorschläge?« fragte sie scherzend.

Bleib cool, Junge. »*Ein Sommer für Lisa*?« sagte er und versuchte, wirklich cool zu bleiben.

»Frisch doch mal mein Gedächtnis auf.« Sie lehnte sich in ihrem Stuhl zurück und schenkte Pacey ihre volle Aufmerksamkeit.

»Es geht um eine schöne Frau, die einen noch unschuldigen jungen Mann verführt.«

Tamara starrte ihn an. Sie hob eine perfekt geschwungene Augenbraue. »Es ist einer meiner Lieblingsfilme«, sagte sie mit leiser Stimme.

Ich bin Ihr Sklave, Miss Jacobs. Pacey merkte, wie er anfing zu schwitzen. »Ich kann ihn für Sie reservieren, wenn Sie möchten«, antwortete er.

Einer von Tamaras Schülern betrat das Zimmer. Ein großer, hagerer Kerl mit einer grünen Strickmütze. Ihm folgte ein kleines blondes Mädchen. Pech. Tamara saß aufrecht in ihrem Stuhl. »Tja, heute abend sehe ich mir schon den neuen Film im Rialto an.« Sie aß den letzten Löffel ihres Joghurts.

»Ach ja?« sagte Pacey und versuchte, ihr Gespräch nicht abbrechen zu lassen.

Weitere Schüler begannen hereinzuströmen. Einige

davon kannte Pacey. Der Typ aus der Hockeymannschaft, der kürzlich *Scream* ausgeliehen hatte. Pacey wußte, es war jetzt vorbei.

»Er bekommt großartige Kritiken«, bemerkte Tamara – beiläufig, vielsagend.

»Ach, ja? Dann muß ich ihn mir auch mal ansehen«, sagte Pacey. Vielleicht war es doch nicht vorbei.

Pacey sieht aus, als hätte er einige Runden Dauerlauf in seinen Straßenklamotten hinter sich, dachte Dawson. Pacey atmete schwer, sein Gesicht war gerötet, und auf seiner Oberlippe zeigten sich kleine Schweißperlen.

»Nur die Ruhe«, sagte Dawson, als Pacey ihn im Flur bei den Schränken einholte.

»Stell dir vor«, verkündete Pacey, »die Video-Frau ist meine neue Englischlehrerin.«

Video-Frau? Dawson betrachtete sich Paceys rotes Gesicht näher. Funkelnde Augen. Die Frau von gestern? Eine Englischlehrerin an der Capeside High?

»Genau, Alter«, bestätigte Pacey, der Dawsons Gesichtsausdruck gelesen hatte. »Also, du und ich – wir gehen ins Kino. Heute abend. Wir machen uns an ein Mitglied des Lehrkörpers ran.«

»Negativ«, antwortete Dawson sofort. Er würde sich in keiner Weise in Paceys Traumleben einmischen. Außerdem hatte er sein eigenes.

Pacey stieß ihn am Arm an. »Mann, ich habe tatsächlich die Möglichkeit, meine Unschuld auf höchster Phantasie-Ebene zu verlieren.«

»Pacey, geh nach Hause. Führ dein Hündchen selbst spazieren. Es wird nicht mit der Englischlehrerin passieren.« Dawson blieb am Brunnen stehen und nahm einen Schluck.

»Nicht heute abend«, stimmte Pacey ihm tatsächlich zu. »Das ist nicht der Plan.«

O nein. Bitte keinen Plan.

»Ich will sie lediglich mit meiner Gegenwart vertraut machen«, fuhr Pacey fort. »Damit sie sich meines Lächelns, meines Blickes und anderer betörender Einzelheiten bewußt wird.«

»Tu dir das nicht an«, riet Dawson seinem Freund.

»Es ist eine Tatsache, daß ein Großteil älterer Frauen sich zu jungen Männern hingezogen fühlt, die noch unerfahren sind. Das gibt ihnen das Gefühl, jung zu sein. Ich habe es in der *Cosmopolitan* gelesen.«

Cosmopolitan? Pacey hatte es schlimmer erwischt, als Dawson gedacht hatte. »Wieso liest du denn ...«

»Ich habe drei Schwestern, von denen immer eine ihre Periode hat. *Cosmopolitan* ist meine einzige Rettung.«

»Also, wofür brauchst du mich dann?« fragte Dawson.

»Zur moralischen Unterstützung. Es wird cool. Du kannst Miss Teen New York einladen«, sagte Pacey, blickte ans andere Ende der Schrankreihe und fügte dann hinzu: »Es sei denn, jemand anders kommt dir zuvor.«

Dawson folgte Paceys Blick. Jen. Sie unterhielt sich mit Roger Fulford. Sie stand mit dem Rücken an den Schrank gelehnt da, als ob sie zurückweichen wollte, und blickte zu diesem aufgeblähten, strohblonden Rindvieh auf. Roger stand ein wenig zu nah bei ihr. Der Alligator, von dem Dawson wußte, daß er sich auf Rogers Hemd befand, unter seiner Lederjacke, war praktisch nah genug, um nach ihrem hellblauen Pulli zu schnappen. Und Roger baggerte sie voll an.

Dawson spürte, wie Pacey ihn in Richtung Jen und Roger stieß. »Los, geh hin. Geh dazwischen, Dawson. Tu es. Sei selbstbewußt. Frauen mögen das. Du solltest mal *Cosmopolitan* lesen. Dann könntest du die Frauen besser einschätzen«, sagte er lachend.

Dawson ignorierte Pacey. Roger entfernte sich jetzt. Dawson näherte sich.

Jen blickte sich um und sah ihn kommen. »Hallo, Dawson. Wie läuft's?«

»Wie ich gesehen habe, hast du Roger Fulford kennengelernt«, sagte Dawson.

»Netter Typ«, sagte Jen.

»Klar. Am Tag gehört er zu den gestählten Sportfreaks, bei Nacht ist er schizophrener Transvestit«, informierte Dawson sie.

»Tatsächlich?« Jen lachte. Sie wandten sich ab, um zusammen den Flur entlangzugehen, und ließen Pacey irgendwo zurück im Capeside-High-Gewimmel.

»Hat das, was man einen Tori-Spelling-Komplex nennen könnte«, fuhr Dawson mit seiner Beschreibung von Roger fort. »Steht auf Spitzenunterwäsche. Nur damit du Bescheid weißt.« Roger Fulford mit einem dunkelgrünen Wonderbra aus Satin und dazu passendem Slip.

»Aber kann er in Pumps auch rennen?« erwiderte Jen gelassen.

Sie ergänzten sich blendend. Das war die Gelegenheit. »Hey, Pacey hat für heute abend einen Ausflug ins Kino vorgeschlagen«, sagte Dawson. »Nur ein paar von uns.

Keine große Sache. Hast du Lust mitzukommen?« Lokker. Beiläufig.

Jen lächelte ihn genauso locker und beiläufig an. »Klar«, antwortete sie.

»Hey, du mußt mir einen Gefallen tun«, erklärte Dawson Joey, während sie die malerische Strecke entlang dem Hafen nach Hause liefen.

»Oh oh.« Joey sah ihn an und verdrehte die Augen.

»Ich habe heute abend eine halboffizielle Verabredung mit Jen. Wir gehen mit Pacey ins Kino, und ich brauche dich dabei.«

»Da wäre mir ja ein Flugzeugabsturz noch lieber.«

»Komm schon! Nur zwei Jungs und Jen, das wäre einfach doof. Du würdest es ausgleichen.«

»Damit es aussieht wie ein Date mit zwei Pärchen?« fragte Joey leicht angenervt.

»So ähnlich ... aber nicht wirklich. Pacey ist auf seiner Hormonmission.«

Paceys Hormone. Das wurde ja immer besser. »Bist du noch ganz dicht?« rief Joey aus. »Auf keinen Fall!«

»Es ist doch kein wirkliches Date«, drängte Dawson. »Es ist nur, damit Jen sich nicht so unwohl fühlt.«

»Und *das* wollen wir natürlich nicht«, sagte Joey beißend.

Dawson reagierte nicht darauf. »Komm schon, Joey, bitte. Bitte, bitte, bitte, bitte, bitte.«

Joey mußte sich anhören, wie er das Wort wiederholte, bis es kaum mehr verständlich war.

»Bitte, bitte, bitte, bitte ...«

Sie brachte ein kleines Lächeln hervor.

»Bitte, bitte, bitte, bitte …«

Er würde nicht mehr aufhören. »Ach, meinetwegen«, gab sie schließlich nach. Dawson wollte, daß sie das für ihn tat. Er flehte sie an, es für ihn zu tun. Es waren ja nur ein paar Stunden in ihrem Leben.

Er sprang auf sie zu und umarmte sie fest. Keine zärtliche Miteinander-gehen-Umarmung. Eine freundschaftliche Schlag-auf-den-Rücken-Umarmung. »Du bist die Beste«, erklärte er. »Ehrlich. Ich weiß ja, daß du dir in letzter Zeit über uns Sorgen gemacht hast und so weiter, aber ich sagte dir doch, daß sich nichts geändert hat. Siehst du? Wir können über alles reden.«

Joey starrte ihn an. Reden? Dawson hatte sie angefleht. Sie hatte nachgegeben. Wann würde er seinen Kopf endlich aus dem Zelluloid auswickeln und erwachsen werden?

7

Jen machte eben noch den Verschluß ihrer Kette mit dem Medaillon zu, während sie in die Küche trat. Grams war dabei, eine Schüssel Eiersalat zu machen und hackte Sellerie und Zwiebeln klein, um sie zu den Eiern zu geben. Als Jen eintrat, machte Grams eine Pause, das Messer in der Luft, und musterte ihre Enkelin. Jen sah, wie sie schnell ihr Äußeres taxierte – blaues Kleid mit Blumenmuster, hellgrüner Sweater, Sandalen, ein Hauch von Make-up.

»Wo gehst du denn hin?« fragte ihre Großmutter ruhig.

Aber unter ihrer Ruhe war eine versteckte Forderung spürbar. Jen merkte, wie Trotz in ihr aufstieg. »Tja ... Dawson hat ein Gewehr, und wir dachten, daß wir erst ein paar Schnapsläden überfallen und uns dann noch einige Tätowierungen verpassen lassen«, antwortete sie zuckersüß.

Ihre Großmutter lachte gequält auf. »Warum sprichst du so mit mir, meine Liebe?«

»Ich versuche lediglich, eine Beziehung zu dir herzustellen, Grams, die auf Humor basiert.« Es war die Wahrheit, mehr oder weniger. Das, und die Tatsache, daß sie wenigstens einen Teil ihrer Persönlichkeit herauslassen mußte. »Ich bin völlig harmlos«, fügte sie hinzu. »Du wirst schon sehen.«

Grams nahm die Herausforderung nicht an. »Tja, aber sei bis um zehn zu Hause«, sagte sie.

»Das schaffe ich«, versicherte ihr Jen. »Danke, daß du das so locker nimmst. Ich hatte schon Angst, du würdest mich am Stuhl festbinden oder so was.« Sie war tatsächlich erleichtert, daß Grams nichts dagegen einzuwenden hatte, daß sie ausging. »Wir gehen ins Kino«, fügte sie hinzu.

»Schön«, sagte ihre Großmutter. »Wenn du ins Kino gehen willst, dann geh nur. Ich wünsche dir viel Spaß. Solange du am Sonntag mit mir in die Kirche gehst.«

Also daher wehte der Wind. »Ich hätte wissen müssen, daß da ein Haken ist. Sieh mal, Grams, es tut mir leid, aber das mußt du dir aus dem Kopf schlagen.«

»Es tut mir leid, aber ich muß darauf bestehen.« Unter ihrer Liebenswürdigkeit schimmerte der nackte Stahl durch.

Jen holte tief Luft. Die Konfrontation war da. Es ging hier um Respekt – darum, daß Jen Respekt vor sich selbst bewahren wollte, und darum, daß sie erwartete, auch von anderen respektiert zu werden. Eingeschlossen Grams. »Ich bin mir hinsichtlich meines Glaubens sicher, Grams. Bitte respektiere das.«

Grams blickte Jen an. »Ich weiß, was in New York passiert ist. In die Kirche zu gehen«, sie betonte Kirche, »wird dir guttun.«

Bleib ruhig, sagte sich Jen. Ruhig, aber stark. Sie wollte nach vorne blicken, ohne sich von Fehlern aus der Vergangenheit behindern zu lassen. »Laß mich das klarstellen,

Grams. Die Kirche ist nicht die Antwort. Nicht für mich. Aber ich verspreche dir, daß ich aufgeschlossen bleibe und deinen Glauben respektiere und ehre, solange ich hier bin.« Das war die Wahrheit.

Ihre Großmutter gab nicht nach. »Die Entscheidung ist schon gefallen. Du unterstehst meiner Aufsicht. Du tust, was ich dir sage.« Selbst der Anschein von Nachgiebigkeit war nun aus ihrer Stimme verschwunden.

Jen merkte, wie ihre Wangen heiß wurden. »Ich versuche wirklich mein möglichstes, um meine rebellische Art im Zaum zu halten.« Sie lachte gezwungen. »Ich sag dir was, Grams. Ich gehe in die Kirche, wenn du das Wort ›Penis‹ sagst.«

Grams sah aus, als ob jemand eine Bombe auf ihr Haus hätte fallen lassen. Das Messer fiel mit Geklapper auf den Tisch. Jen verspürte sogar ein wenig Mitleid mit ihr. Aber sie hatte es ja zuerst mit Vorsicht versucht, und das Resultat war gewesen, daß ihre Großmutter ihre Argumente einfach nicht zur Kenntnis nahm.

»Hör mit diesem Gerede auf«, befahl ihre Großmutter.

»Es ist nur ein Wort, Grams. Technisch und klinisch. ›Penis.‹« Und bevor ihre Großmutter noch eine Antwort bereit hatte, beugte sich Jen vor und gab ihr einen abschließenden Kuß auf die Wange. »Grams, ich liebe dich wirklich, aber du mußt etwas lockerer werden.« Ungelogen.

Ihre Großmutter sah aus, als ob sie sich fragte, worauf sie sich da eingelassen hatte. Das, aber auch nur das, konnte Jen gut verstehen.

»Bis später dann.« Sie stieß die Gittertür des Hintereingangs auf und trat in die milde Sonne des Spätnachmittags hinaus.

Grams machte keinerlei Anstalten, sie aufzuhalten. Aber Jen wußte, daß das noch nicht bedeutete, daß sie gewonnen hatte.

Als Dawson nach unten kam, um sich zu verabschieden, saß sein Vater wieder einmal über seinem Restaurant-Modell. Auf der anderen Seite des Zimmers lief der Fernseher. Die hauchdünne Blaupause eines Architekten war auf seinem Schreibtisch ausgebreitet. Obenauf stand ein dreidimensionales Miniaturmodell eines Gebäudes, mit kurvigen Wänden und wellenförmigen Oberflächen, die Räume mit winzigen Plastikfischen, Meeresdekoration und dergleichen ausgestattet. Man konnte seekrank werden, wenn man es nur ansah. Willkommen im Puppenhaus, Dad.

»Ich geh jetzt«, verkündete Dawson und zog noch einen leichten Pulli über seinen Kopf. »Bis später, Dad.«

Sein Vater hielt eine der Puppen hoch. »Was denkst du?« Sie trug einen Unterwasseranzug. »Ich dachte, all die Kellnerinnen sollten Unterwasseranzüge tragen.«

»Viel zu unpraktisch«, sagte Dawson geradeheraus. »Weißt du, Dad, diese ganze Idee mit deinem Restaurant unter dem Motto ›Rund ums Wasser‹ wird jeden Tag schlimmer.«

Sein Vater reckte den Hals, um an Dawson vorbeisehen zu können. »Geh mal zur Seite«, sagte er. »Da ist deine Mutter. Sie bringt ihren Exklusiv-Bericht über die Ölkatastrophe.«

Dawson drehte sich zum Fernsehgerät. Seine Mutter war mit ernstem Gesichtsausdruck auf dem Bildschirm zu sehen.

»Sie arbeiten zu sehen ist das beste Vorspiel«, erklärte Dawsons Vater.

»Vielen Dank, daß du deine Geheimnisse mit mir teilst, Dad. Ich gehe jetzt«, sagte Dawson noch einmal, bereits zur Hälfte aus dem Zimmer.

»Viel Spaß«, rief ihm sein Vater nach. »Und geh auf Nummer Sicher.«

Dawson blieb stehen. Er wünschte sich, sein Vater würde damit aufhören. »Das Gespräch über Kondome ist verfrüht.«

»Es ist nie zu früh, mein Sohn.«

Dawson verdrehte die Augen. »Was ist denn nur dran am Sex? Alle scheinen nur noch daran zu denken. Sex, Sex, Sex. Warum ist unsere Gesellschaft so an Sex interessiert? Was ist denn so toll daran?«

»Sex ist ein großer Teil unseres menschlichen Wesens«, belehrte ihn Mr. Leery.

Vielen Dank, Dr. Sommer. Dawson hatte mehr als genug gehört. »Heißt das, daß wir uns alle auf Kaffeetischen wälzen sollen? Komm schon, wenn Sex so wichtig ist, wie kommt es dann, daß Spielberg niemals eine Sexszene in einem seiner Filme hatte? Also? Er weist ihm seinen richtigen Platz im Film zu. Wie wir es im Leben auch tun sollten.«

Die Türklingel ertönte. Jen! Dawson machte sich auf den Weg. »Ich komme nicht zu spät nach Hause.«

Er mochte das überlegene Lächeln seines Vaters ganz und gar nicht.

Nachdem er das Wohnzimmer verlassen hatte, hörte er die Stimme seiner Mutter. »Und damit zurück zu dir, Bob.«

Bereit für die Schlacht, zog Joey ein hellbraunes Hemd über ihr T-Shirt, bürstete einen imaginären Schmutzkrümel von ihren weißen Jeans und stieß die Gittertür auf. Bess war draußen auf der Veranda und strich das hölzerne Fachwerk ihres Hauses. Flecken von schwerer Ölfarbe zierten den Kittel, den sie über einem hübschen Baumwollkleid anhatte, und der Geruch von Terpentin mischte sich mit dem salzigen und leicht schwefelartigen Geruch, den die Bucht bei Ebbe immer hatte. Bodie lag auf der Verandacouch neben Bess und studierte irgendein Rezept in *Bon Appétit.* Jazzmusik drang aus dem Haus. Tja, das perfekte Bild ruhiger Häuslichkeit. Ja, genau.

Joey raste an ihnen vorbei. Versuchte es jedenfalls. Aber Bess erwischte sie an ihrem T-Shirt. »Hey, hey. Wo willst du denn hin?«

»Ich bin furchtbar in Eile«, sagte Joey. Das letzte, worauf sie Lust hatte, um diesen famosen Abend einzuleiten, war eine Diskussion mit ihrer Schwester.

»Du solltest dir diese Haltung abgewöhnen«, sagte Bess.

Joey spürte, wie ihre Nackenmuskeln sich verkrampften. Sie versuchte, sich freizumachen, aber Bess faßte mit einer Hand ihr Gesicht und drückte ihre Wangen zusammen. Joey mußte unwillkürlich die Lippen spitzen. Der Kuß des Todes. »Autsch!« protestierte sie.

Bess fuhr mit ihrer freien Hand in die Tasche ihrer Kittelschürze und kam mit einer schmalen, schwarz-goldenen Lippenstifthülse heraus. Mit dem Mund zog sie die Hülse ab und mit einer Hand drehte sie gekonnt den tiefroten Stift heraus. Joey spürte, wie der Griff ihrer Schwester nachließ. Sie zielte mit dem Lippenstift auf Joeys Mund und trug sorgfältig die Farbe auf.

Joey war völlig unvorbereitet. Sie hatte sich auf den üblichen Krieg eingestellt und merkte, wie nun ein komisches, ganz konfuses Gefühl in ihr aufstieg.

Bodie blickte zu ihnen und lächelte beifällig.

Bess ließ Joeys Gesicht los. »Jetzt drück sie so aufeinander.« Sie preßte ihre eigenen vollen, hübschen Lippen aufeinander und bewegte sie hin und her.

Joey gehorchte automatisch.

Bess drehte den Lippenstift zurück, steckte die Hülse darauf und legte ihn in Joeys Hand. »Den nimmst du mit, und jede halbe Stunde oder Stunde entschuldigst du dich, um das aufzufrischen. Verstanden?«

Zum ersten Mal seit langem hatte Joey keine schnippische Antwort bereit. Joey verspürte einen eigenartigen kleinen Schmerz darüber, daß ihre Schwester so nett war, und wußte nicht, wie sie reagieren sollte. Sie steckte den Lippenstift in eine Tasche ihres Hemdes und ging über die Wiese. Dann blieb sie, ohne weiter nachzudenken, mit einem Mal stehen, drehte sich um und lächelte Bess aufrichtig dankbar an.

Bess lächelte zurück, genauso aufrichtig und herzlich.

8

Joey hatte Pacey am Hals und bildete das Ende ihrer kleinen Vierergruppe. Dawson und Jen gingen vorneweg und schoben sich durch die abendliche Menge. Das Wetter war herrlich, und für September schienen heute abend viele Leute in der Stadt zu sein – manche kauften noch ein wenig ein, bevor die Geschäfte schlossen, andere gingen in ein Restaurant oder mit den Kindern Eis essen, oder sie genossen einfach den abendlichen Spaziergang auf der Hauptstraße.

»Also, hast du nun vor, das ganze Schuljahr zu bleiben?« fragte Dawson Jen.

Gute Frage, dachte Joey.

»Na ja, das hängt alles von meinem Großvater ab. Und von meinen Eltern.« In Jens Stimme schwang ein Hauch Unsicherheit mit. »Ich weiß nicht.« Sie zuckte unbehaglich mit den Schultern, dann drehte sie sich zu Joey um und lächelte sie zögernd an, als ob sie sie in die Unterhaltung einbeziehen wolle. »Dein Lippenstift gefällt mir, Joey. Wie heißt diese Farbe denn?«

Joey lächelte unwillkürlich zurück. Dann sah sie, wie Dawson auf ihren Mund blickte, und wurde verlegen. Vielen Dank, Jen! »Sündiges Rot. Ich mag deine Haarfarbe, Jen, welche Nummer hat sie denn?«

Dawson sah sie böse an und sagte rasch zu Jen: »Du mußt Joey entschuldigen. Sie kam in einer Scheune zur Welt.«

Und dir auch vielen Dank, Dawson Leery!

»Schon in Ordnung«, sagte Jen schnell. »Joey, ich laß mir nur ab und zu Strähnen machen.«

So nett. Und so aufrichtig. Konnte man Jen denn mit gar nichts aus der Fassung bringen? »Also, Jen, bist du noch Jungfrau?« fragte Joey.

Jen gab einen merkwürdigen Ton von sich, etwas zwischen einem Husten und einem Würgen.

Erwischt, Jen!

Dawson fiel der Unterkiefer runter. »Das wird ja immer besser!« sagte er empört.

Joey schien sich nicht bremsen zu können. Es war, als ob ihr Mund ein Eigenleben hätte. »Denn Dawson ist noch Jungfrau, und zwei Jungfrauen zusammen hieße ja, daß das erste Mal ziemlich unbeholfen wird. Meinst du nicht auch?«

»Du wirst sterben«, drohte Dawson. »Qualvoll.«

»Ich wollte doch nur helfen«, sagte Joey extrasüß. »Du weißt schon, zum Punkt kommen.« Das hellerleuchtete Vordach des Rialto befand sich genau vor ihnen und kündigte in Neonbuchstaben den Filmtitel an: *Waiting for Guffman*.

»Schon okay, Dawson.« Jen rettete erneut den Abend. »Ja, ich bin noch Jungfrau. Wie ist es mit dir, Joey? Du auch?«

Darauf war Joey nicht vorbereitet. Jen mochte ja süß und unerschütterlich sein, aber sie war auch schlagfertig. »Ich bitte dich«, sagte Joey und versuchte, sich schnell etwas zu überlegen. »Schon vor Jahren. Ein Lastwagenfahrer namens Bubba.« Sie ging zum Schalter.

Dawson packte sie am Arm. »Was ist denn nur los mit dir?« flüsterte er rauh.

Sie kauften ihre Karten und gingen hinein. Joey war nicht sicher, ob sie Dawsons Frage hätte beantworten können, selbst wenn sie es gewollt hätte. Jen war wirklich nett und gab sich mehr Mühe, als Joey verdiente. Aber trotzdem ...

Pacey ging voran und fand vier freie Sitze nebeneinander im hinteren Drittel. Joey folgte ihm, Dawson hinter ihr, doch als sie zu ihrem Platz ging, blieb Dawson im Gang stehen und ließ Jen vorgehen. Tja, anscheinend war in Capeside das Rittertum zum Leben erwacht. Was bedeutete, daß Joey zwischen Jen und Pacey sitzen durfte.

Sie ließ sich in ihren Sitz fallen. Plötzlich schoß Pacey wieder hoch. »Bin gleich wieder zurück«, erklärte er rätselhaft, dann eilte er zu einer der Reihen vor ihnen.

Vielen Dank auch, Pacey. Jetzt waren es nur noch Dawson, Jen und Joey. Es ging doch nichts über ein Dreiergespann. Die Beleuchtung wurde abgedunkelt. Joey warf einen Blick zu Dawson. Seine Hand lag auf der Armlehne zwischen ihm und Jen. Er trommelte nervös mit den Fingern. Jens Hand lag auf ihrem Bein – dem neben Dawson natürlich. Joey sah wie gebannt auf die Hände der beiden. Dawson rutschte unruhig auf seinem Sitz hin und her, näher zu Jen. Seine Hand begann hinüberzuwandern. Hielt an. Machte weiter. Wanderte, wanderte ...

»Also, Jen«, hörte Joey sich sagen. »Stehst du auf Große?«

»Wie bitte?« fragte Jen nach.

»Wie wichtig ist die Größe für dich?«

»Joey!« Dawson warf ihr Blicke zu, die hätten töten können.

Jen fixierte Joey mit einem offenen Blick, als ob sie überlegte, was sie antworten solle. »Da ich Jungfrau bin, habe ich noch nicht viel darüber nachgedacht.« Klang da ein Hauch von Müdigkeit in ihrer Stimme mit? War Miss Nettigkeit-in-Person langsam ihres kleinen Spielchens überdrüssig? Aber Jen spielte unverdrossen weiter und gab Joeys Frage an sie zurück . »Wie ist es mit dir?« fragte sie Joey.

»Ich bin hin und...« schaffte Joey noch zu sagen, bevor Dawson sie aus ihrem Sitz gezogen hatte.

»Du und ich. Draußen. Sofort.«

»Was meinst du dazu, Dawson?« fragte Joey laut.

»Ich mach dich kalt«, grollte Dawson. »Und zwar eiskalt.«

Der Vorspann begann zu laufen. »Schhh«, zischte jemand in der nächsten Reihe.

Dawson zog Joey hinaus in den Gang. Sie blickte über ihre Schulter zurück zu Jen und wurde noch einen letzten Satz los. »Hast du seine langen Finger bemerkt?« fragte sie.

Dawson zog Joey den Gang entlang und aus dem Saal.

Pacey ließ sich in den leeren Sitz neben Tamara fallen. »Hallo, Tamara.«

Sie blickte ihn an, und ihr Gesicht rötete sich vor Überraschung. »Pacey! Was tust du denn hier?«

Tja, schließlich hatte sie ihn doch praktisch eingeladen. »Ich wollte mir den Film ansehen, ganz wie Sie vorgeschlagen haben«, sagte Pacey. »Ich bin mit ein paar Freunden hier.«

Tamaras Überraschung verwandelte sich in ein Lächeln. »Mit einigen Freunden? Das freut mich.«

»Aber ich kann auch bei Ihnen sitzen bleiben, wenn Sie möchten. Karamel?« Er hielt ihr die Schachtel hin.

»Nein, danke«, lehnte Tamara ab. Sie bewegte sich unruhig auf ihrem Sitz. War ihre Bluse heute morgen in der Schule nicht einen Knopf weiter zugeknöpft gewesen?

»Ach ja, und *Ein Sommer für Lisa* ist offiziell für Sie reserviert«, erklärte ihr Pacey.

»Ach, Pacey, ich glaube, du verstehst nicht.«

»Das war keine große Sache«, sagte Pacey schnell. Er versuchte, den Mut aufzubringen, ihr vorzuschlagen, daß sie sich das Video zusammen ansehen sollten, als ein Typ mittleren Alters in ihre Reihe trat – Hemd und Krawatte, khakifarbene Baumwollhose, die Brille an einer Kette um den Hals, glänzende Schuhe. Er trug eine riesige Tüte Popcorn.

»Also, Pacey, meinst du nicht, daß du lieber bei deinen Freunden sitzen solltest?« sagte Tamara. Sie sah von ihm zu dem Kerl mit dem Popcorn.

Pacey sah ihn sich auch noch einmal an. Genug Popcorn für zwei. Mindestens. Und dann noch etwas. Er kam genau auf sie zu. Plötzlich hatte Pacey ein ganz schlechtes Gefühl. »Wer ist der Typ?« fragte er Tamara.

»Tammy, belästigt dieser Junge dich?« fragte der Mann.

»Schhh!« zischte ein Mann hinter ihnen, während das Licht dunkler wurde.

»Aber nein, Benji«, antwortete Tamara.

»Benji? Miss Jacobs hat mich selbst eingeladen«, erklärte Pacey.

»Nicht direkt, Pacey, aber ich... verstehe, wie...« Tamara fehlten die Worte.

Pacey wurde plötzlich leicht unsicher.

»Vielleicht sollte ich dir helfen, einen anderen Platz zu finden?« sagte der Benji-Typ. Es war mehr eine Feststellung als ein Angebot. Er griff nach Paceys Arm.

»Schhht!« zischte der Kerl hinter ihnen.

Pacey riß seinen Arm los. Benji stolperte. Das Popcorn flog ihm aus der Hand. Plötzlich war der Typ hinter ihnen damit bedeckt. Begraben wie in einem Schneesturm.

»Verdammt noch mal...« Er stand drohend auf.

Er war ein Riese. Das war das letzte, was Pacey bemerkte, bevor eine fleischige Faust ihm ins Gesicht fuhr.

Joey und Dawson standen streitend in der Lobby des Kinos, ihre Stimmen waren laut genug, um den Verkäufern am Erfrischungsstand und den Kartenabreißern eine wunderbare Show zu liefern.

»Bist du übergeschnappt?« schrie Dawson. »Was ist dein Problem?«

»Mein Problem ist, daß du kein einziges Wort mit mir gewechselt hast, seit dem Augenblick, als unsere kleine Miss Strähnchen aufgetaucht ist«, schrie Joey zurück.

»Blödsinn!« fuhr Dawson sie an. »Das ist reiner Blödsinn und das weißt du auch.«

»Was ich weiß ist, daß dein ganzes Blut nach unten fließt und du gar nicht mehr merkst, daß ein anderes menschliches Wesen anwesend ist.«

»Ich mag sie, okay? Ich bitte dich. Ich dachte, du seist meine Freundin.« Dawson verzog das Gesicht. »Wie wäre es mit ein wenig Verständnis?«

»Ich verstehe alles«, erwiderte Joey. »Und ich habe es satt, alles zu verstehen.« Plötzlich fühlte sie sich müde, richtig müde. »Ich verstehe ja nur noch.« Sie spürte, wie sich eine Träne in ihrem Augenwinkel sammelte.

Dawson sah sie lange an. »Joey ...«

»Du kriegst ja überhaupt nichts mehr mit.« Joey blinzelte heftig gegen die Träne an. »Du bist so weit von der Wirklichkeit entfernt, daß du nicht mal mehr siehst, was genau vor dir abläuft.«

»Wovon sprichst du denn überhaupt?« Dawson schrie wieder.

»Von deinem Leben, Dawson. Es ist ein verdammtes Märchen, und du weißt es nicht einmal. Konflikte existieren für dich nur im Drehbuch, das du gerade in deinem Kopf schreibst.« Dawsons Welt. Joey hatte genug davon. »Hör auf, nur in Filmen zu leben. Werde erwachsen!«

9

Die Bucht lag im Mondschein. Der Große Wagen funkelte im samtenen Himmel. In der leichten Brise lag ein erster würzig-süßer Geruch von Herbst. Weit in der Ferne konnte man die Brandung hören.

Dawson und Jen gingen langsam über den Rasen vor dem Haus von Jens Großeltern.

»Ich bring dich noch zur Tür«, bot Dawson an.

Jen schüttelte den Kopf. »Lieber nicht. Grams liegt wahrscheinlich schon auf der Lauer.«

Dawson blickte zu ihrer dunklen Veranda. »Oh, ja vielleicht.«

Sie blieben stehen. »Also dann ...« sagte er.

Sie lachte leise auf. »Dann ...«

»Es war ...« Dawson suchte nach den richtigen Worten. »Es war ein wirklich abscheulicher Abend.«

Jen lachte laut auf. »Ja«, sagte sie. »Ja, das war es.«

Dawson lachte auch. Dann folgte ein Augenblick ohne Worte. Wind fuhr durch die Bäume. Ein Vogel zwitscherte. Sie standen zusammen da. Dawson blickte sie an. Sie sah ihn an, mit glänzenden Augen. Ihr Haar schimmerte in der Farbe des Mondlichts. Dawsons Herz klopfte schneller. Sie war wunderschön. Und nett. Und klug. Und es war lustig mit ihr. Er kam näher.

Sie hob ihr Gesicht seinem entgegen. Er konnte den fruchtigen Duft ihres Shampoos riechen. Als er seine Hand auf ihren Arm legte, hatte er das Gefühl, einen elektrischen Schlag zu bekommen. Er beugte sich näher zu ihr, seine Lippen ganz nahe an ihren ...

Plötzlich drehte sie ihr Gesicht weg. »Das war mein Fehler«, sagte sie.

Dawson verspürte Enttäuschung aufsteigen. Ihr Fehler? Ein Kuß?

»Ich weiß, ich habe nicht viel Macht im Universum, aber für heute abend fühle ich mich jedenfalls verantwortlich«, erklärte sie.

Sie denkt, es sei ihre Schuld? Joey dreht durch, Pacey findet sich auf dem Boden des Kinos wieder. Seine zwei besten Freunde flippen aus. Und das soll ihr Fehler sein?

»Nein, ich war es«, protestierte Dawson. »Ich habe es verpatzt. Ich habe dieses große V hier eintätowiert.« Er machte mit seinen Fingern ein V und legte sie an seine Stirn.

Jen schüttelte den Kopf. »Nein. Du bist kein Versager, Dawson. Ich finde, du bist sehr lieb und gescheit. Und du hast einen großen Sinn für Humor.«

Dawson spürte, wie sich ein verlegenes Grinsen auf seinem Gesicht ausbreitete. Aber Jen war noch nicht fertig.

»Du bist ziemlich cool, ohne deswegen arrogant zu sein. Und du bist sehr, sehr talentiert.«

»Ach ja?« Dawson lachte leise. Was hatte er getan, um das zu verdienen?

»Ja. Und außerdem hast du eine reine Haut. Das ist ein großes Plus.«

Er lachte lauter. Das Lachen verklang, und er fühlte sich noch nervöser, als er einige Augenblicke vorher gewesen war. »Vielen Dank«, sagte er.

»Nein. Ich danke dir. Es lief für mich nicht so toll in New York«, erzählte ihm Jen. »Und, na ja ... hier ist es im Augenblick für mich auch nicht ganz einfach.« Sie blickte kurz zum Haus ihrer Großeltern.

Jen schien irgendwie stark und zerbrechlich zugleich zu sein. Dawson legte seine Handfläche an ihre Wange. Ihre Haut war weich, warm. Sie blickten einander an. Sie sah nicht weg. Er beugte sich nach vorne für den Kuß.

Die Lichter auf der Veranda gingen an. Sie schauten beide zum Haus. Dawson konnte Jens Großmutter in der Tür stehen sehen, sie spähte hinaus.

Jen trat einen Schritt zurück. »Ich muß gehen«, sagte sie zögernd. »Danke für alles, Dawson.«

»Aber ...« stieß er hervor, als sie bereits den Weg entlanglief. Er merkte, wie seine Hoffnung mit ihr entschwand.

Plötzlich drehte sie sich um. »Ich stell mir einfach vor, wir hätten uns geküßt, Dawson, okay?«

Dawson grinste. Ja. Mehr als okay. Er würde sich auch vorstellen, er hätte Jen geküßt.

Pacey konnte das getrocknete Blut auf seinem Gesicht spüren – fest und spröde. Ein Auge war fast völlig zugeschwollen, es funktionierte noch, aber es tat ziemlich weh. Er wanderte ziellos unten am Hafen entlang, unfähig sich vorzustellen, nach Hause zu gehen, sich ins Bett zu legen und allein mit seiner Demütigung zu sein. Nicht daß er es hier schaffte, dem Gefühl der Demütigung zu entkommen. Aber zumindest konnte er es noch hinausschieben, sein geschwollenes Auge seinen Eltern oder Geschwistern erklären zu müssen.

Er schlenderte auf den Bereich zu, wo die Vergnügungsboote lagen. Ein halbes Dutzend vom Salzwasser nachgedunkelte Stege führten auf festen Holzpfeilern zum Wasser hinaus. Yachten und elegante Segelboote lagen in ordentlichen Reihen nebeneinander. Viele waren dunkel, aber in einigen waren auch noch Anzeichen von Leben zu sehen. In einem schlanken, gut ausgestatteten Kabinenboot brannte Licht. In einem anderen sah er den bläulichen Schein eines Fernsehgerätes. Hier und da saßen einige Leute immer noch an Deck und genossen die milde Nacht.

Pacey suchte sich willkürlich irgendeine Reihe aus und ging bis ans Ende des Steges. Er verdiente den Preis für den Idioten des Jahrzehnts, soviel stand fest. Den Romeo bei einer schon angejahrten Julia zu spielen. Außer, daß sie nicht Julia war. Sie war seine Englischlehrerin. Das heißt, sie war Miss Jacobs. Und er war so weit ins Märchenreich abgedriftet, daß er den dramatischen Höhepunkt der Woche geliefert hatte – vielleicht des ganzen Jahres. Pathos, Gewalt und Komödie – alles hatte sich in der Faust eines Fremden auf seinem Gesicht entladen.

Natürlich war es nicht allein seine Schuld. »Ich bin in der Stimmung für eine Liebesgeschichte«, hatte sie gesagt. »Wo finde ich denn *Die Reifeprüfung*?« Und wie war es mit *Ein Sommer für Lisa*? Einer meiner Lieblingsfilme, hatte sie gesagt. Sie mußte wissen, wie das auf einen Jungen seines Alters wirkte. Aber sie hatte es trotzdem gesagt. Absichtlich gesagt.

Und plötzlich war sie da, wie ein Wunder. Tauchte im Mondlicht und den Lichtern des Hafens auf. Außer, daß er sie sich diesmal nicht nur vorstellte. Tamara – Miss Jacobs – stand am Ende des Piers und blickte mit besorgtem Gesichtsausdruck aufs Meer hinaus. Der warme Silberschein des Mondes erhellte ihr Gesicht, das mit diesem melancholischen Ausdruck noch schöner war.

Pacey war von einer Mischung aus Wut und Verlangen erfüllt. Er fühlte sich krank. Und Tamara hatte ihn entdeckt. »Wunderbar. Das hat mir gerade noch gefehlt«, murmelte er.

»Pacey, geht es dir gut?« So besorgt.

»Ich werde es überleben.« Warum redete er überhaupt noch mit ihr? Hatte er aus dem heutigen Abend gar nichts gelernt? Er drehte sich um und wollte gehen.

Schnell trat sie neben ihn und griff nach seinem Arm. »Warte, Pacey. Laß uns einen Moment miteinander reden.«

Als Pacey ihre Berührung spürte, schienen seine ganzen Sinnesorgane nur auf ihre Hand fixiert. Das verstärkte seine Wut noch. »Worüber denn? *Die Reifeprüfung* oder *Ein Sommer für Lisa*? Worüber möchten Sie lieber diskutieren?«

»Ich hätte dieses Mißverständnis gern aufgeklärt«, sagte sie ernst. Ihre Hand lag immer noch auf seinem Arm.

Pacey schüttelte sie ab. »Ich verstehe Sie sehr gut ... Miss Jacobs«, fügte er betont hinzu.

»Es tut mir wirklich leid«, sagte Tamara einfach.

»Das sollte es auch, denn Sie sind eine Lügnerin. Wie können Sie behaupten, Sie hätten nur einen Film ausleihen wollen?« Pacey merkte, wie seine Wut zunahm und sich immer mehr steigerte.

»Weil es die Wahrheit ist.« Tamara klang tatsächlich, als glaube sie das selbst. Und *Ein Sommer für Lisa*? – der Lieblingsfilm? Nur eine beiläufige Bemerkung?

»Was für ein Quatsch!« Seine Wut war nicht mehr zu bändigen. »Die Wahrheit ist, daß Sie eine gutaussehende, umwerfende Frau sind, die ein wenig verunsichert ist, weil sie auf die Vierzig zugeht. Also genießen Sie es, wenn ein draufgängerischer Junge wie ich mit Ihnen flirtet. Sie ermutigen ihn. Sie stellen sich sogar vor, wie es wäre, mit diesem Jungen zusammenzusein.« Pacey ließ seinen Gefühlen freien Lauf, und es tat ihm gut. »Denn dadurch fühlen Sie sich attraktiver und können das Älterwerden besser ertragen. Tja, eines kann ich Ihnen sagen: Sie haben es vermasselt, Lady. Denn ich bin der beste Sex, den Sie nie haben werden!«

Wow! Pacey mußte tief Luft holen. Das war völlig ungeplant gewesen. Doch es war genau das, was er hatte sagen wollen. Tamara sah verblüfft aus. Sie hielt den Blick weiter auf ihn gerichtet, sagte jedoch kein Wort.

Was nun? Pacey merkte, wie seine Stärke ihn wieder verließ.

»Mit einer Sache hast du unrecht, Pacey«, sagte Tamara weich.

Ach ja?

»Du bist kein Junge mehr.« Sie faßte seine Hände und zog ihn zu sich. Ihre Gesichter waren nur Zentimeter voneinander entfernt. Sie näherten sich zu einem leidenschaftlichen Kuß.

Pacey nahm sie in die Arme und spürte ihren Körper an

seinem. Ihre Lippen waren weich. Er konnte ihr Verlangen fühlen.

Doch dann zog sie sich unvermittelt zurück und starrte ihn entsetzt an. »Es … es tut mir leid«, flüsterte sie. »Oh mein Gott!« Bedauern und Schock klangen in ihrer Stimme mit. Sie wich vor ihm zurück.

Pacey sah ihr nach. Er hatte ziemliche Mühe, gleichmäßig zu atmen.

Sie drehte sich um und fing an, wegzulaufen. Zuschlagen und weglaufen. In die Nacht hinein. Nur ein Video ausleihen. Verschwunden.

»Wir sehen uns in der Schule«, sagte Pacey leise. »Miss Jacobs.«

Dawson ging in sein Zimmer und nahm sich die Fernbedienung. Er drückte auf Power. Graues Flimmern verwandelte sich in den örtlichen Wetteransager. »Während der nächsten Tage wird es warm und sonnig bleiben …«

Dawson hob ein verknittertes Hemd von seinem Bett auf, knüllte es zu einem Ball zusammen und öffnete seinen Schrank für den Wurf.

Joey lag zusammengerollt darin, umgeben von schmutzigen Klamotten.

»Joey! Was tust du denn hier drin?«

Joey stand auf, die E.T.-Puppe in der Hand, und sah ihn leicht verlegen an. »Bei den Klamotten herumhängen.«

»Was war denn heute abend nur los, Joey?«

Joey machte einen gezielten Satz auf das Bett und landete auf dem Bauch. »Ich bin ausgeflippt.«

Soviel wußte er auch. Dawson ließ sein Hemd unten in

seinen Schrank fallen. »Was läuft denn bloß zwischen uns ab?«

Joey schüttelte den Kopf, ihr langes braunes Haar schwang hin und her. Ihr Lippenstift war verschwunden. »Ich habe keine Ahnung«, antwortete sie langsam.

Dawson spürte die Spannung zwischen ihnen, die sie verband, aber gleichzeitig trennte. Zwischen ihm und Joey hatte immer eine unausgesprochene Verständigung existiert. Unausgesprochen, weil jeder genau wußte, was der andere dachte. Jetzt gab es etwas Unausgesprochenes, doch Dawson wußte nicht, was Joey dachte oder fühlte. Genausowenig wie er wußte, was er selbst fühlte. Er konnte dieses vage, ständige Unbehagen in sich einfach nicht herausfiltern und in Worte fassen, in ein Drehbuch verwandeln.

Joey hatte recht. Er lebte in einem Film. »Ich weiß, daß ich ein unglaublich perfektes Leben habe und es viel zu wenig schätze«, sagte er. Er wollte nicht, daß Joey sauer war. Ganz besonders nicht auf ihn. Und er selbst wollte auch nicht sauer sein.

»Ja, so ist es«, bestätigte sie.

»Und es tut mir auch leid, daß ich ein so unsensibles männliches Wesen bin. Ich dachte, da stände ich drüber.« Dawson zog seinen Schreibtischstuhl hervor und setzte sich. »Ich möchte dich nicht verlieren, Joey.« Er wurde sehr ernst. »Was uns beide verbindet, ist das einzige, was für mich überhaupt irgendwie Sinn macht.«

Joey bewegte fast unmerklich den Kopf. War das ein beipflichtendes Nicken oder ein zweifelndes Kopfschütteln? Einen kurzen Moment lang sah Dawson ein verwirrtes, hübsches Mädchen auf seinem Bett liegen. Nicht einfach nur seinen alten Kumpel. Und das überraschte ihn. Es war nicht das erste Mal, daß er das spürte. Auch wenn es ihm gerade erst klar wurde.

»Weißt du, als ich dich heute abend mit Lippenstift sah, fiel mir auf, wie hübsch du aussiehst«, gestand er ihr. »Ich habe es sofort wieder ignoriert«, fügte er mit einem schnellen Lachen hinzu, »aber ich habe es gemerkt.«

»Ach ja?« sagte Joey lächelnd.

»Aber das war alles, Joey«, sagte Dawson mit brutaler Offenheit. Er hatte Joey noch nie angelogen. »Weiter ging es nicht.«

Sie zuckte mit den Schultern. Falls er erwartet hatte, daß sie geknickt war, sah sie jedenfalls nicht danach aus. Aber ihre gelassene Reaktion überraschte ihn ebensowenig. »Als ich dich heute abend nach Jens Hand tasten sah, war es nicht so, daß ich diejenige sein wollte, die deine Hand hält«, sagte Joey mit der gleichen Aufrichtigkeit. »Ich wollte nur nicht, daß sie sie hält.«

Dawson verstand sie vollkommen. Für einen Augenblick verschwand die Verwirrung zwischen ihnen. Aber das änderte nichts an der Situation. »Also, wohin führt uns das?« wollte Dawson wissen.

Ein weiteres Schulterzucken – diesmal weniger erhellend.

»Es ist alles so kompliziert«, stellte Dawson fest.

»Wir werden erwachsen, Dawson. Das ist alles.« Plötzlich hatte Joey eine Antwort. »Selbst Spielberg ist seinem Peter-Pan-Syndrom irgendwann entwachsen«, und damit stand sie auf und ging zum Fenster.

»Wohin gehst du denn?« wollte Dawson wissen und stand automatisch auf. Aber schon als er die Frage stellte, wußte er, wie lahm sie klang.

»Ich kann nicht mehr bei dir übernachten«, erklärte Joey. Schon wieder. »Und wir können nicht mehr so miteinander reden wie früher. Es gibt Dinge, die wir uns nicht erzählen können.«

Alles in Dawson rebellierte gegen diese Aussage. Vielleicht waren die Dinge zwischen ihnen komplizierter geworden, aber hatten sie das nicht beide gerade zugegeben? Hatten sie einander nicht immer, immer alles erzählt? Dawson ertrug es fast nicht, Joey aus dem Fenster klettern zu sehen. Es war, als ob ein Teil von ihm mit ihr ginge. »Das ist einfach nicht wahr! Ich kann dir alles sagen«, widersprach er ihr heftig.

Joey sah ihn direkt an. »Wie oft führst du deinen Hund spazieren?«

»Was?« Dawson sah verblüfft aus.

»Du weißt, was ich meine«, sagte Joey. »Zu welcher Zeit? Wie oft in der Woche?«

Es dauerte einen Augenblick, bis Dawson ihre Frage begriff. Dann wurde er unheimlich verlegen, daß sie seine intimsten Momente hier so ausbreiten wollte. Was jeder wußte, aber worüber man mit niemandem sprach. Nun, um ehrlich zu sein, er hatte den Satz mit dem Hund ausführen kürzlich selbst Pacey gegenüber gebraucht, als er sich über diese Lehrerin so ereiferte. Aber das war Gerede unter Jungs. Verschlüsseltes Jungen-Gerede.

Dawson blickte zu Joey, die bereit war, aus dem Fenster zu klettern. Der Blick in ihren Augen forderte ihn zu einer Antwort heraus, flehte ihn an zu antworten. »Gute Nacht.« Das war alles, was er sagen konnte. Joey hatte recht. Aber er wollte nicht, daß sie recht hatte. Und er konnte sehen, daß sie es auch nicht wollte. Aber es war einfach so.

»Bis dann, Dawson«, sagte sie leise und verschwand draußen die Leiter hinunter.

»Bis dann, Joey«, sagte Dawson leise. Er blieb noch einen Moment so stehen. Es schmerzte. Er wußte nicht, was er fühlte. Er wollte, daß das Leben wieder einfach war. Er war so müde. Traurig lehnte er seinen Kopf an die Schranktür. Dann schlug er seinen Kopf fest gegen die Tür. Und noch einmal, als ob er all seine Verwirrung und seinen Schmerz weghämmern könnte.

Joey holte das Seil ihres Ruderbootes ein. Sie wischte sich mit dem Handrücken die Tränen weg, aber es stiegen ständig neue in ihren Augen auf. Der Anlegeplatz verschwamm vor ihren Augen, und sie konnte nicht sehen, wo das Seil, das sie in den Händen hatte, festhing. Sie stand gebückt in dem kleinen Boot, zog noch einmal fest an und merkte, wie das Boot gefährlich schwankte. Die Tränen liefen ihr die Wangen hinunter. Warum dagegen ankämpfen? Es sah sie doch sowieso niemand.

Schließlich bekam sie das Boot los und begann zu rudern. Wütend zog sie an den Riemen. Es fühlte sich gut an, ihre Wut in körperliche Anstrengung umzusetzen. Das Ruderboot glitt in die Bucht hinaus. Es war eine herrliche Nacht. Mond, Sterne. Das ganze Drum und Dran. Nicht zu still, nicht zu wild. Zwischen Sommer und Herbst. Perfekt. Eigentlich unfair. Wenn man die Umstände in Betracht zog.

»Hey, Joey!« Dawsons Stimme schallte über das Wasser.

Verblüfft blickte Joey hinauf zu seinem Zimmer. Dawson hatte sich aus dem Fenster gebeugt und winkte wie verrückt. Sie spürte ein komisches kleines Flattern – Erwartung und Hoffnung.

»Normalerweise morgens, mit Katie Couric!« schrie Dawson.

Was? Katie Couric? Und dann begriff sie. Wie oft führst du deinen Hund spazieren? Joey merkte, daß sich ein Grinsen auf ihrem Gesicht ausbreitete. Sie winkte genauso verrückt zurück. Ihre Laune stieg. Dawson grinste ebenfalls.

Was immer sie gerade durchmachten, zumindest machten sie es gemeinsam durch. Dawson winkte noch einmal mit beiden Armen und verschwand dann nach drinnen. Joey begann nach Hause zu rudern.

10

Joeys Stimme klang aufgeregt. »Ich weiß, was ich sah. Es war groß und häßlich, und es griff mich an. Und es ist immer noch dort draußen und wartet.«

Während sie auf Dawsons Bett saß und sich selbst in einer Szene von Dawsons Filmprojekt mit Pacey sprechen sah, war sie versucht, sich die Fernbedienung zu schnappen und den Film anzuhalten, bevor sie die nächste Szene sehen mußte. Sie spürte, wie sich ihre Mundwinkel bereits in Erwartung der Abscheu senkten.

»Ich mag dir vielleicht nicht glauben, Stephanie«, sagte Pacey auf dem Bildschirm, »aber ich glaube an dich.«

Jetzt kommt's. Joey sah zu, wie Pacey sich vorbeugte und ihr Film-Ich auf den Mund küßte. Sobald seine Lippen ihre berührten, schreckte sie zurück. Sie merkte, wie sie sich nun, auf Dawsons Bett, ebenfalls voll mitfühlendem Entsetzen zurücklehnte. Sie sah, wie sie sich auf dem Bildschirm krümmte und übertrieben das Gesicht verzog, als ob sie sich übergeben müßte.

»Schnitt«, konnte man Dawson im Video sagen hören.

»Was? Was?« kam Paceys Stimme fast beleidigt.

Sie spielten nicht mehr, aber die Kamera lief noch weiter.

»Tut mir leid, Dawson«, hörte Joey sich im Video sagen, »aber er ist einfach zu abstoßend.«

Das Bild wurde zu einem Flimmern.

»Joey, du wirst ihn küssen müssen«, sagte Dawson von der anderen Seite des Zimmers. Er saß über eine seiner Latexmasken gebeugt, auf seinem Schreibtischstuhl, und hielt einen Pinsel in der Hand.

»Ich kann und werde diesen Kretin nicht küssen«, stellte Joey fest.

Dawson schnalzte tadelnd mit der Zunge. »Es ist ein Film. Du spielst eine Rolle. Es ist nicht Pacey, den du küßt.«

Wenn er aber aussieht wie Pacey, schmeckt wie Pacey . . .

»Also dann ist er eben ein Ungeheuer aus der Tiefe des Meeres. Sag mir den Unterschied«, forderte Joey ihn heraus.

»Aber du bist dir seines zweiten Ichs nicht bewußt«, faßte Dawson rasch die Story zusammen. »Du liebst ihn.«

»Vergiß es.«

»Der Film geht nicht ohne den Kuß, Joey. Es ist eine Liebesgeschichte«, sagte Dawson.

»Es ist ein Horrorfilm, Dawson.«

»Das ist eine gemeine Lästerung! Es ist eine Huldigung mit einer stark sinnbildlichen Tendenz.«

Joey ließ sich rücklings auf das Bett fallen und erinnerte sich daran, wie entsetzlich es war, als Paceys Mund auf ihr Gesicht zugekommen war. Gefressen vom Meeresungeheuer. »Aber er ist so unküßbar«, wandte sie ein.

»Tu es für mich«, bat Dawson.

»Ich will mich nicht vor der Kamera erbrechen müssen. Warum küßt du ihn nicht selbst, Dawson?«

»Weil meine Lippen für jemand anders reserviert sind.« Dawson ließ wirklich keine Gelegenheit aus.

Joey wollte nicht zurückstehen. Plötzlich ging es nicht mehr nur um den Film. Sie suchte nach einer Antwort. »Was soll das denn wieder? Hast du Miss Jemand-Anders bereits geküßt?« Okay. Schlagfertig genug. Aber sie merkte, daß sie auf die Antwort ein klein wenig zu... naja, gespannt wartete.

»Beinahe«, sagte Dawson. »Der Augenblick naht.«

Weg mit dem Grinsen, Kumpel. »Weshalb die Verzögerung?«

Dawson mußte einen Augenblick zu lange nachdenken. Zwei Punkte für mich, dachte Joey. Aber was soll's?

»Kein Grund, das Schicksal zu drängen«, antwortete Dawson.

Also war Jen nun bereits sein Schicksal? Wie theatralisch. Wie klassisch. »Aber warte nicht zu lange, Dawson. Dein erstes Date mit ihr – wenn es denn eins war – liegt schon Tage zurück. Sie kommt aus New York, wo alles meist ein wenig schneller geht.«

»Um so interessanter für sie, einen außergewöhnlichen jungen Mann zu treffen, der nicht nur Sex im Kopf hat.« Dawson kam sofort wieder damit an. Ooh, der tugendhafte Held.

»Wenn es dir hilft, nachts besser zu schlafen«, sagte Joey. Wann würde dieser Typ jemals aufhören, in einer Traumwelt zu leben?

»Du hast es selbst gehört. Sie hat zugegeben, daß sie Jungfrau ist.«

»Im Augenblick noch.«

»Jen ist zufällig eine intelligente junge Frau, die sich

offensichtlich der Verantwortung für ihren Körper bewußt ist«, sagte Dawson abwehrend.

Joey lachte. Sie hatte eigentlich nicht vorgehabt, eine so direkte Attacke auf die Unschuld von Dawsons Tagträumen zu führen. Oder vielleicht doch. »Ich schlage ja keine Lederstrapse und Bienenwachs vor – nur einen Kuß.«

Dawson arbeitete konzentriert mit seinem Pinsel. »Jen und ich werden uns definitiv küssen. Keine Sorge. Die Frage ist, werden deine Lippen jemals Paceys finden?«

Oh, zurück zu diesem Thema? Und damit zurück zu dir, Bob. »Schreib es um«, verlangte Joey. »Ich bin für eine umfangreiche Änderung.«

»Das wäre jammerschade, denn du hast definitiv einen Kußmund.«

»Was?« Joey setzte sich auf. Sie hatte wohl nicht recht gehört.

Dawson hielt die Maske hoch, an der er arbeitete. Ein Latexkopf, wie derjenige, den Pacey als Meeresungeheuer trug. Aber es war definitiv kein Meeresungeheuer. Es war sie selbst! Es war Joey! Wie hatte ihr das entgehen können? Und das erschreckendste an dieser Maske war, wie sehr sie ihr tatsächlich ähnlich sah. Verdammt, Dawson war wirklich gut.

»Für die Enthauptungsszene«, erklärte Dawson gelassen. »Sieh dir diesen Mund an. Du gibst wirklich einen guten Mund ab.«

Joey fiel keine einzige passende Erwiderung darauf ein. Hatte sie wirklich einen Kußmund? Dachte Dawson das? Obwohl er eigentlich davon träumte, Miss Jemand-Anders zu küssen?

»Weißt du, Joey, du könntest doch einfach deine Augen schließen und an jemand anders denken.« An Jen denken? Warte mal. Er meinte jemand anders. Nicht Jemand-Anders, wie kleine Miss Jemand-Anders. Das wurde langsam alles zu verwirrend. Alles, was Joey wußte, war, daß sie auf keinen Fall Pacey küssen wollte. Unter keinen Umständen!

»Du hast natürlich für alles eine Lösung, Dawson.« Joey ließ sich wieder aufs Bett fallen. Also, wen sollte sie sich denn einbilden zu küssen? Sie blickte hinüber zu Dawson. Er betrachtete die Maske ihres Gesichtes, lächelnd, zufrieden mit seiner Arbeit.

Plötzlich legte er sie ab und sah sie an. »Erkläre mir mal, was das mit dem Bienenwachs sollte?«

Joey lachte. Sie würde Dawsons wunderbar drehbuchreife Unschuld nicht zerstören.

11

Dawson schlug die Tür seines Schrankes zu und schlängelte sich durch die Menge hindurch den Flur entlang. »Hi, alter Junge«, grüßte er Keith Silves, der ihm entgegenkam. Er hatte ihn den ganzen Sommer über nicht gesehen. Wahrscheinlich war er mit seiner Freundin Marla draußen auf seinem Boot gewesen. Der Flur war voll mit Schülern, die sich beeilten, vor dem zweiten Gong in ihre Klasse zu kommen. Eine Menge bekannter Gesichter. Auch einige neue darunter.

Irgendwo an der Decke knackste der Lautsprecher. Ein Teil der Schüler ignorierte das Geräusch und ging weiter. Einige blieben stehen, um der körperlosen Stimme zuzuhören, die »Guten Morgen« in die Flure rief.

Dawson ging weiter, obwohl er für einen Augenblick gedacht hatte, er wäre irgendwie im Videoladen gelandet und bei der Arbeit. Das war nämlich jetzt Nellies Stimme, die ihm den Flur entlang nachrief. »Vergiß nicht, daß am Samstag Dancing angesagt ist. Wir feiern unseren Sieg bei dem großen Spiel am Freitag, auch wenn wir noch nicht wissen, ob wir es wirklich gewinnen, aber das Planungskomitee ist total optimistisch, also kauf jetzt schon deine Eintrittskarten ...«

Halt mal die Luft an, Nell. Dawson bog in Mr. Golds

Zimmer ab. Das Klassenzimmer war leer, bis auf Ben Gold selbst, der an einer Kameraausrüstung im hinteren Teil des Zimmers herumprobierte.

Dawson klopfte an die Innenseite der Tür. »Mr. Gold, haben Sie einen Augenblick Zeit?«

Ben Gold blickte hoch und hob kurz die Brille an die Augen. »Was gibt es, Dawson?« fragte er geschäftig und ließ seine Brille wieder an der Kette nach unten fallen.

»Ich habe über das nachgedacht, was Sie sagten. Und Sie hatten natürlich recht, mich nicht in die Klasse aufzunehmen.«

Mr. Gold hob skeptisch eine Augenbraue. »Ich freue mich, daß du darüber nachgedacht hast.«

»Ja, das habe ich. Allerdings bin ich ein wenig in der Zwickmühle. Ich habe in der fünften Stunde in der Bibliothek Studienzeit, und um die Zeit ist es dort völlig überfüllt, richtig unangenehm, und ich habe mit Mr. Givens darüber gesprochen, den Studienraum zu wechseln, und er schien zu meinen, daß ich – falls Sie einverstanden wären – bei Ihnen ...

»In der fünften Stunde? Genau da findet der Filmkursus statt«, sagte Mr. Gold trocken.

»Also, wenn das nicht ein ungeheurer Zufall ist«, sagte Dawson. Er konnte auch trocken antworten.

»Du wärst nicht Teil der Klasse«, fuhr Mr. Gold fort. Du würdest hinten sitzen und ruhig sein. Du würdest dich in keiner Weise beteiligen.«

»Danke, Mr. Gold. Das ist sehr nett von Ihnen. Ich bin Ihnen wirklich sehr dankbar.«

Sie kam direkt auf ihn zu und sah ihn leicht verlegen an.

»Guten Morgen... Miss Jacobs«, grüßte Pacey. Dezent geschnittener schwarzer Rock, ausgeschnittene weiße Bluse. Sie sah einfach wunderschön aus. Sexy. Absolut sexy.

»Guten Morgen, Pacey«, sagte sie gepreßt, und ihr Blick forderte ihn auf zu gehen, nicht zu bleiben.

»Könnten wir kurz miteinander reden?«

»Das ist nicht deine Unterrichtsstunde, Pacey. Ich sehe dich dann später.«

Oh, oh. Aber er würde sie nicht vom Haken lassen. »Nein.« Pacey blieb fest. »Wir müssen dringend miteinander reden.«

Tamara legte ihre Bücher auf ihren Schreibtisch und sah weg. »Wir haben nichts zu besprechen, Pacey, außer, was die Hausaufgaben beträfe, aber da ich keine gegeben habe, kannst du ruhig gehen.« Er meinte, einen Hauch von Verzweiflung aus ihrer Stimme herauszuhören. Aber sie hatte sich das Ganze selbst zuzuschreiben. Glaubte sie etwa, sie konnte mit ihm spielen und ihn dann einfach so wegschicken?

»Es gibt eine ganze Menge zu besprechen.« Er merkte, wie seine Wut vom Vorabend zurückkehrte. »Wir können mit dem leidenschaftlichen Kuß von gestern anfangen, wenn Sie möchten.«

Andere Schüler kamen herein. Sie sahen zu ihnen hinüber. Tamara blickte auf ihre Klasse, dann zurück zu Pacey, bittend. »Ich weiß nicht, wovon du sprichst. Ich muß darauf bestehen, daß du sofort dieses Klassenzimmer verläßt.« Sie legte Autoriät in ihre Stimme, aber es funktionierte nicht.

Pacey verspürte fast ein wenig Mitleid mit ihr. »Hören Sie.« Seine Stimme wurde weicher. »Ich bin genauso durcheinander wie Sie.« Die Untertreibung des Jahres. Wut, Verlangen, Verzweiflung … Furcht kämpften in ihm. Pacey war das reinste Schlachtfeld.

»Pacey, bitte!« Tamaras Stimme klang, als ob sie gleich bräche. »Nichts ist geschehen. Es gab keinen … Kuß.« Sie flüsterte das Wort nur. »Bitte. Hör auf.« Pacey sah, daß ihre Hände zitterten. Tränen stiegen in ihre haselnußbraunen Augen.

Der Gong unterbrach das Schweigen zwischen ihnen. Ihre Schüler saßen bereits auf ihren Plätzen.

Pacey flüsterte nun ebenfalls. Aber seine Wut war heftig. »Ihre Zunge war in meinem Mund. Sie sind nicht fair.« Er drehte sich abrupt um und stürmte zur Tür hinaus.

»Guten Morgen, alle zusammen«, hörte er sie sagen, und ihre Stimme zitterte.

Besprechung in der Cafeteria. Dawson war vollkommen ernst, hundert Prozent konzentriert. Und hier saßen sie wieder alle – Joey, Pacey, Jen und Dawson. Hatten sie denn gar nichts aus ihrem kleinen Abenteuer im Rialto gelernt? fragte sich Jen.

»Ich kann nicht mehr, wie ich gehofft hatte, auf den Filmkurs als Unterstützung zählen«, erklärte Dawson. »Das bedeutet, wir müssen mehr arbeiten, um den Termin zum Festival einhalten zu können. Wir werden das ganze Wochenende drehen müssen. Und, Joey, das bedeutet, daß du nicht maulst, weil du Pacey deine Schnute hinhalten mußt.«

Joey warf einen Blick auf Paceys blaues Auge. Sein

kleines Souvenir vom Kino verwandelte sich inzwischen in einen Regenbogen aus häßlichen Farben. Pacey brauchte eigentlich keine Maske mehr, um das Ungeheuer aus den Tiefen zu spielen. »Mit dieser ganzen Kuß-Sache bin ich langsam am Ende meiner Toleranz angelangt«, verkündete sie.

»Ich bin davon auch nicht gerade begeistert«, erklärte ihr Pacey. »Das geht nicht nur von deiner Seite aus, verstehst du.« Er biß in sein Hot dog.

Dawson stöhnte erschöpft auf.

Er blickte erst zu Joey, dann zu Jen und sah ziemlich ratlos aus. Dann lächelte er plötzlich. »Joey, mir fällt es wie Schuppen von den Augen.«

Joey merkte, wie es ihr die Kehle zuschnürte. Bitte keine weitere Halb-Quasi-Doppel-Date-Idee.

»Joey, ich glaube, ich habe einen Weg gefunden, dich zur glücklichsten Schauspielerin der Welt zu machen.«

Und damit zurück zum Film, Bob. Puh. Joey entspannte sich wieder.

»Du weißt ja, daß du am Ende des Films stirbst. Wie gefiele es dir, früher zu sterben? Morgen zum Beispiel?«

»Was meinst du damit?« Hieß das, Dawson ermordet Joey am Freitag und geht am Samstag mit Jen tanzen?

»Das Mädchen, das du darstellst, wird bei einem überraschenden Angriff brutal umgebracht«, erklärte Dawson Joey ein wenig zu begeistert. Er drehte sich zu Jen. »Und ihre hübsche und kluge Cousine aus New York kommt gerade rechtzeitig an, um ihren verstümmelten Körper zu finden.«

»Hey, Kumpel, die Idee ist gar nicht so schlecht«, sagte Pacey beifällig.

Joey verspürte eine Gänsehaut, die nur zu wirklich war. Das neue Mädchen ist da – du bist draußen, Joey.

Aber es war Jen, die ihr zu Hilfe kam. »Hey! Hey!« protestierte sie. »Warte mal einen Moment.«

»Nein, es ist einfach perfekt«, bestand Dawson darauf. »Oder nicht, Joey?« Er lächelte sie erwartungsvoll an. Hatte Dawson jetzt den Verstand verloren? »Es erspart uns die Diskussionen um den Kuß und ermöglicht es, daß du zurück zu mir hinter die Kamera kommst, wo du hingehörst.«

Ach so! Manchmal sah man den Wald vor lauter Bäumen nicht. Oder so ähnlich. Joey gefiel der Klang von Dawsons letzten Worten – zurück zu mir, wo du hingehörst. Und außerdem ersparte sie sich den widerwärtigsten Kuß, der nur möglich war. Nicht schlecht.

Aber Jen hatte noch nicht begriffen. »Aber hast du nicht bereits eine Menge mit Joey als Darstellerin gefilmt?«

»Kein Problem«, sagte Dawson. »So ist es viel besser. Es ist völlig unvorhersehbar. Das Publikum wird es nie ahnen. Wie bei Janet Leigh in *Psycho*.«

»Oder Drew Barrymore in *Scream*«, warf Pacey ein.

»Ein richtiger Schockeffekt«, sagte Joey und nickte.

»Ich bin überzeugt, es paßt zum Stil des Films. Verstehst du?« fragte Dawson.

Joey verstand vollkommen. Sie sah sich selbst und Dawson auf der einen Seite der Kamera. Jen und Pacey auf... Warte mal. Jen und Pacey. Der Kuß. Jen war die neue weibliche Hauptdarstellerin. Der Kuß mit Pacey war jetzt ihre Sache. Joey blickte von Jen zu Pacey. Oder vielmehr zu Paceys Monsterauge. Sie lächelte. »Du hast recht, Dawson. Es ist einfach perfekt.«

12

Pacey saß vorne in der Mitte und sorgte dafür, daß Miss Jacobs seinen Blick bei jeder ihrer Bewegungen spürte. Er würde sie nicht so einfach wieder vom Haken lassen. Er würde nicht zulassen, daß sie ihn ignorierte und so tat, als sei nichts geschehen. Oder als habe sie keine Rolle in diesem Nichts gespielt.

Das Problem war, daß Pacey hätte wütend sein müssen. Er war auch wütend. Aber er konnte seine Wut nicht auf Tamara richten, ohne sie anzusehen. Und dabei kamen ganz andere Gefühle ins Spiel.

»Kann mir jemand erklären, was Catherine sich dachte, als sie Heathcliff fortschickte?« fragte sie.

Pacey konnte sich kaum auf ihre Worte konzentrieren. Während sie darauf bedacht war, ihn nicht anzublicken, starrte Pacey auf ihre Brüste unter ihrer weißen Bluse, auf ihre Hüften, ihre perfekten Beine, ihr Gesicht, ihren Mund ... Er versuchte, sich seine Wut in Erinnerung zu rufen, doch er konnte nur daran denken, wie sich ihr Mund auf seinem angefühlt hatte, das Gefühl ihres Körpers an seinem, die Kurve ihres Pos unter seiner Hand ...

»Ohh, Miss Jacobs!« Nellies Stimme holte ihn lautstark zurück auf den Planeten High School. Es war schwer, bei Nellies Stimme romantisch zu bleiben.

»Ja? Nellie, so heißt du doch, oder?«

»Die Antwort ist, daß sie ihn dadurch auf tragische und krankhafte Weise wissen lassen wollte, daß sie ihn liebte«, sagte Nellie theatralisch.

»Das ist die naheliegendste Interpretation«, stimmte Tamara ihr zu. Sie bemühte sich sichtlich weiter, ihre Augen auf die hinteren Reihen des Klassenzimmers gerichtet zu halten. Pacey merkte das sehr wohl. Sie war sich seiner genauso bewußt wie er sich ihrer. Das konnte sie nicht vor ihm verbergen. »Aus gewissen Gründen wird dieser Roman als große Liebesgeschichte betrachtet«, fuhr sie fort. »Aber Tatsache ist, daß Heathcliff und Catherine niemals hätten zusammen kommen dürfen.«

Ach ja? Neuigkeiten für Emily Brontë, dachte Pacey. Oder war es Charlotte, die *Wuthering Heights* geschrieben hatte? Eine dieser Schwestern eben. Auf jeden Fall große Neuigkeiten für William Wyler, der 1939 bei einer Filmversion mit Merle Oberon und Laurence Olivier Regie geführt hatte. Oder Peter Kosminsky und seine Verfilmung von 1992 mit Juliette Binoche und Ralph Fiennes in den Hauptrollen. Pacey richtete etwas mehr Aufmerksamkeit auf das, was Tamara sagte.

»Sie paßten überhaupt nicht zueinander. Um genau zu sein, Catherine war in hohem Maße verkorkst.«

Pacey bekam langsam ein komisches Gefühl.

»Heathcliff war im Grunde ein anständiger Junge, der noch viel über das Leben zu lernen hatte und dementsprechend besser dran war ohne eine jammernde, psychisch instabile Heulsuse, die ihm ständig hinterherlief«, ereiferte sich Tamara leidenschaftlich. »Die ganze Sache war falsch und hätte niemals geschehen dürfen.«

Oh, du liebe Güte. Pacey bekam nicht nur einen Vortrag zu hören, es war praktisch ein Befehl.

Tamara ließ ihren Blick für den Bruchteil einer Sekunde zu ihm schweifen. Dann richtete sie ihn sofort wieder auf die faszinierendste aller faszinierenden Rückwände. »Emily Brontë hätte sich ihre Tinte lieber sparen sollen«, schloß sie.

Jemand in der Klasse stieß einen kurzen Pfiff aus. Die meisten Schüler sahen ihre Lehrerin an, als hätte sie den Verstand verloren. Pacey hatte sie jedoch genau verstanden. Aber wie halten Sie's denn mit dem Grundsatz, daß sich die Schüler ihre eigene Meinung bilden sollten, Miss Jacobs?

»Auftritt Stephanies Cousine«, schrieb Dawson in sein Drehbuch und fing an, die neue Rolle für Jen zu schreiben. Mr. Gold mochte ihn auf die hinterste Bank verbannt und zum Schweigen verdammt haben, doch dies hier war eine Filmunterrichtstunde, und er würde wie alle anderen an seinem Film arbeiten.

Vorne sprach Mr. Gold gerade mit einem großen, muskulösen Jungen, der dichtes, dunkles Haar hatte und dessen Gesichtszüge denen einer griechischen Skulptur glichen. »Wir werden schnell arbeiten müssen, wenn wir am Filmfestival teilnehmen wollen«, sagte der Lehrer zu ihm.

Filmfestival? Dawson legte sein Script weg.

»Wir können es schaffen«, sagte Mr. Perfect. »Das Drehbuch ist fertig. Der Film ist bereits angekündigt. Wir haben den Sommer über viel gearbeitet.« Dawson verspürte einen gewissen Ärger in sich aufsteigen. War das nicht wieder einmal typisch? Golds Lieblingsschüler. Der

Typ war einige Klassen höher, aber Dawson wußte, wer er war. Jeder kannte ihn. Cliff Elliot, auch Mr. Perfect genannt, war der Quarterback der Capeside Wildcats – sein Bild erschien ständig in der Zeitung, und er wurde bereits von den College Scouts, die ständig auf der Suche nach neuen Talenten waren, angebetet. Und als ob das noch nicht reichte, war er auch noch Vorsitzender der Schülervertretung, hatte die besten Noten und war der geheime Traum von mehr als nur ein paar Capeside Mädchen. Die typische Hauptrolle in jedem Teenie-Drama. Man mußte den Kerl schon aus Prinzip hassen.

»Ich brauche ein endgültiges Budget, bevor ich grünes Licht für irgendwelche Dreharbeiten geben kann«, sagte Mr. Gold.

Cliff drehte sich fragend zu Nellie, die neben ihm saß. »Die Zahlen haben sich nicht geändert«, sagte sie und lächelte Cliff süßlich an. »Wir liegen immer noch im Budget.«

Im Budget. Dawson schnaubte leise vor sich hin. Typisch Cliff. Welcher Film in der Filmgeschichte war jemals im Budget geblieben? Doch anscheinend konnte sich selbst Mr. Gold dem Einfluß dieses Typen nicht entziehen.

»Dann kommen wir jetzt zur Handlung«, sagte der Lehrer. »Habt ihr das Problem im dritten Akt gelöst?«

Dawson konnte es kaum glauben. Cliff Perfects Film würde am Filmfestival teilnehmen. Er würde die offizielle Nominierung von Capeside High sein. Die Schule hatte gerade mal eine Woche begonnen, und das war bereits beschlossene Sache. Dawson hob die Hand und wedelte heftig hin und her.

Mr. Gold hob die Brille an seine Augen und sah ihn an.

»Ja, Dawson«, sagte er und man konnte die betonte Nachsicht aus seiner Stimme heraushören.

»Geht es hier um das Boston Filmfestival?« fragte Dawson.

»Ja, so ist es. Dort wird auch ein Video-Wettbewerb für Jugendliche gesponsert.«

Mein Filmfestival. Cliffs Film nimmt an meinem Filmfestival teil. Dawson wurde ganz flau im Magen, als Cliff aufstand und sich an die Klasse wandte.

»Okay, ich bin also gerade im Spiel mit Tyler verletzt worden. Mein Wurfarm wurde zerquetscht, der Knochen ist dreifach gebrochen. Aber ich weigere mich, es dem Coach zu erzählen, denn er wird mich dann nicht beim Homecoming spielen lassen.«

Dawson hatte das schon mal irgendwo gehört.

»Vergeßt nicht«, sagte Cliff, »wir wollen, daß die Zuschauer sich fragen: »Schafft er es? Wird das Team das große Spiel gewinnen?‹«

Korrektur. Er hatte dies schon überall vorher gehört – in jeder zweitklassigen Sportsendung, die jemals gemacht wurde.

Natürlich. Capesides letztes Spiel im vergangenen Jahr. Dawson hatte die Gewohnheit, den lokalen Sportteil der Zeitung (»Baseball von Mrs. Masons Enkel flog durch benachbarte Fensterscheibe«) nicht zu lesen. Doch selbst Dawson war diese Story nicht entgangen. Seine Mutter hatte sogar darüber im Fernsehen berichtet. Capsides Sieg – in der Hauptrolle Cliff Perfect.

Und jetzt wollte Cliff das Ganze nachspielen. Bei Dawsons Festival. Mit Ben Golds Segen.

Süß, dachte Jen. Sogar mehr als süß. Der Typ sah irgendwie wie die lebende Version einer griechischen Skulptur aus. Wie er wohl mit nichts als einem Feigenblatt bekleidet aussehen würde?

Er mußte ihren Blick gespürt haben, denn er schloß seinen Schrank und schaute zu ihr herüber. Jen lächelte. Er lächelte ebenfalls und kam zu ihr.

»Hallo. Ich bin Cliff.«

Oh. Er war das also. Nellie hatte ihn kürzlich erwähnt, als sie Jen auf der Treppe vor der Schule aufgelauert hatte. Sie hatte nicht übertrieben, was sein Aussehen betraf.

»Hi, ich bin Jen.«

»Abkürzung für Jennifer. Ich weiß. Du bist neu.«

»Ist das so offensichtlich? Ich hatte gehofft, mich unauffällig einfügen zu können«, scherzte Jen.

»Tut mir leid, aber das ist für dich unmöglich«, erwiderte Cliff mit bewunderndem Blick.

Jen lachte. »Ich werde daran arbeiten.«

»Tja, ich wollte mich nur vorstellen. Ich weiß, daß es furchtbar sein kann, wenn man neu an der Schule ist. Und wenn es irgend etwas gibt, was ich für dich tun kann, wie zum Beispiel, dir alles zu zeigen, dich einigen coolen Leuten vorzustellen, mit dir wegzugehen, vielleicht zum Essen und ins Kino ...«

»Sehr aufmerksam«, kommentierte Jen. Der Typ war schnell.

»So bin ich nun mal«, sagte Cliff gelassen.

»Das ist sehr nett von dir.« Jen mußte zugeben, daß sie die Aufmerksamkeit genoß. Aber Schnelligkeit hatte sie in New York zurückgelassen. »Kann ich mich wieder bei dir melden? Es ist meine erste Woche, und ich muß mich erst eingewöhnen.«

»Klar«, antwortete Cliff, ohne beleidigt zu sein. »Natürlich. Und ich habe es wirklich ernst gemeint mit meinem Angebot, dir zu helfen. Ich kenne eine Menge Leute hier. Ich kann dich mit einigen Freunden bekannt machen.«

Cliff lächelte.

»Es war nett, dich kennenzulernen, Jen – Abkürzung für Jennifer.«

»Ja, dich auch, Cliff – Abkürzung für Clifford.«

13

Dawson nahm die Latexversion von Joeys Kopf von seinem Schreibtisch. »Morgen, Joey«, sagte er zur Maske.

Er lief die Treppe hinab ins Wohnzimmer. Sein Vater war bereits auf und beugte sich über sein Restaurant-Modell, spielte wieder mal Puppenhaus. »Hast du meinen Camcorder gesehen, Dad?«

Sein Vater blickte auf. »Du filmst heute?«

Dawson hielt Joeys Gummikopf hoch. »Joey wird enthauptet.«

»Cool«, sagte Mitch Leery. »Deine Kamera ist in meinem Zimmer. Auf dem Nachttisch – auf der Seite deiner Mutter.«

Dawson lief die Treppe hinauf zum Schlafzimmer seiner Eltern.

Sein Vater rief ihm nach: »Aber du solltest vielleicht besser die Kassette herausnehmen.«

Dawson hielt unvermittelt an. Na, danke, daß du dieses nette kleine Geheimnis mit mir teilst, Dad. »Weißt du eigentlich, daß du dafür in manchen Staaten eingesperrt werden kannst?« sagte er.

Sein Vater grinste nur und spielte weiter mit seinem Modell.

»Ähm, Dad? Wenn wir gerade schon dabei sind... na ja...«

Sein Vater sah ihn an. Diesmal mit voller Aufmerksamkeit.

»Ich habe eine Frage. Es geht um Mädchen und Beziehungen und so«, sprudelte Dawson heraus. Er hatte eigentlich nicht vorgehabt, mit seinem Vater darüber zu reden, aber andererseits hatte er auch nicht voraussehen können, daß sein Vater das Thema aufbringen würde. »Ich möchte nicht, daß das bei dir so ankommt, als suchte ich väterlichen Rat oder so was«, fügte er schnell hinzu.

»Wie ist die Frage?« wollte sein Vater wissen.

»Denn ich kann keinesfalls dein perverses Sexleben gutheißen – deines und Moms –, aber ich bin andererseits auch nicht stolz darauf, zugeben zu müssen, daß meine Unerfahrenheit meine gegenwärtigen Beziehungen zum weiblichen Geschlecht behindert...«

»Und die Frage?« wiederholte sein Vater und unterbrach damit Dawsons weitschweifigen Monolog.

Dawson trat unruhig von einem Fuß auf den anderen. Er hätte nicht damit anfangen sollen. Sein Vater hätte nicht damit anfangen sollen. »Die Frage ... vielmehr der Gegenstand...« Aber er konnte es nun genausogut hinter sich bringen, nachdem er damit angefangen hatte. »Technik des Küssens«, stieß er hervor.

Sein Vater versuchte nicht einmal, sein Lächeln zu verbergen. »Wie kann ich dabei helfen?«

»Ich möchte mehr über die Technik wissen.«

Mr. Leery lachte. »Es gibt keine Technik, Dawson. Ihr legt einfach eure Lippen aufeinander und los geht's.«

Eine Antwort, die keine war. »Aber was macht einen guten Kuß aus?« hakte Dawson nach.

»Lampenfieber?« fragte sein Vater.

Na ja, Dawson war ja noch nicht zur Aufführung selbst gekommen. Nur zur Probe. In seinem Kopf. Was ein Teil des Problems war. In seiner Vorstellung war der Kuß ein wahrer Höhepunkt. Wie bei Bogart. Brando. Leonardo DiCaprio. Und was war mit dem Kuß in Jens Vorstellung? Dem, von dem sie gesagt hatte, sie würde sich vorstellen, er hätte stattgefunden. Was, wenn sie ihn sich genauso toll vorstellte? Und was, wenn die Aufführung dann nicht mit der Probe mithalten konnte? »Ich bin einfach nur ein wenig unsicher, was einen guten Kuß von einem superguten Kuß unterscheidet«, gab er zu.

»Du wirst es merken, es ist unverkennbar«, fügte Mitch Leery hinzu.

»Könntest du das vielleicht etwas näher erläutern?«

»Du mußt ihn unvergeßlich machen. Zu etwas, an das sie immer denken wird.«

Details, Dad! Ohne Details sagt mir das gar nichts. »Und wie soll ich das machen?« hakte Dawson nach.

»Das erste Mal, als ich deine Mutter küßte ...«

»Geh nicht zu sehr in die Einzelheiten«, unterbrach ihn Dawson. Es gab schließlich solche und solche Einzelheiten.

»Es war Sommer, und wir fuhren mit dem Boot hinaus«, fuhr Mitch Leery fort. »Die Lippen deiner Mutter waren spröde von der Sonne, und sie fragte mich, ob ich ihr meinen Fettstift borgen könne, also zog ich ihn heraus, tat mir etwas davon auf die Lippen, und dann beugte ich mich vor und küßte sie.«

Okay. Das konnte sich Dawson vorstellen. Na ja, mit anderen Schauspielern, die Moms und Dads Rollen spielten.

»Der Fettstift war weich und geschmeidig und übertrug sich ganz leicht auf ihre Lippen. Das Gefühl war einfach erstaunlich. Die Chemie zwischen uns hatte vorher bereits gestimmt, aber es war einer dieser Momente, die alles festigten. Du weißt schon. Es war unvergeßlich und, was noch wichtiger ist, romantisch.«

Dawson war überrascht. »Und ich dachte, du denkst immer nur an Sex.«

»Wir sind trotzdem total aufeinander abgefahren. Aber man braucht auch Romantik. Romantik ist ganz wichtig ... und ein Fettstift«, fügte Mr. Leery hinzu.

Na schön, gute Story. Aber was hatte Dawson daraus gelernt? Immer – nicht nur beim Besteigen eines Ruderboots – einen Fettstift mitzunehmen? »Aber der Kuß selbst. Was hast du getan?«

Mitch Leery dachte einen Augenblick nach. »Ich sag dir, was du tun mußt. Du denkst einfach an nichts anderes als an ihre Lippen.«

Okay. Das war leicht. So weit war Dawson selbst schon gekommen.

»Du darfst nicht verkrampft sein. Das zerstört einen Kuß. Du mußt dich entspannen. Hier ...« Plötzlich nahm Dawsons Dad das Latexmodell von Joeys Kopf. Er hielt es hoch, so daß Dawson in ihr Gesicht starrte. »Versuch's mal.«

Was? »Vergiß es!« wehrte Dawson ab. Er trat einen Schritt zurück.

Sein Vater streckte ihn ihm entgegen. »Na komm

schon. Das ist ein großer Moment zwischen Vater und Sohn. Du hast mich darum gebeten.«

Falsch. Sein Vater hatte damit angefangen. Mit dem Camcorder. Natürlich hatte Dawson ihn auch darum gebeten. Er wollte es ja wissen. Mußte es wissen. Er blickte Joeys Kopf an. Das Ganze war einfach zu absurd. Ihre Lippen. »Denk nur an ihre Lippen, nichts sonst«, hatte sein Dad gesagt. Dawson blickte auf den Mund. Okay, es war ein schöner Mund. Das hatte er Joey selbst gesagt.

»Und jetzt feuchte deine Lippen an«, instruierte ihn sein Vater.

Dawson folgte der Anweisung. Der Mund. Nichts als der Mund...

»Jetzt versuch es. Der Trick ist, deine Unterlippe zu entspannen. Du willst, daß sie ein Eigenleben bekommt. Du willst, daß sie mit ihrer tanzt.« Sein Vater brachte den Kopf in Position.

Der Mund. Ihr Mund. Dawson preßte seinen Mund auf Joeys.

Joey konnte einfach nicht glauben, was sie da sah. Sie konnte nicht glauben, daß sie zusah, wie Dawson sie küßte. Vom oberen Treppenabsatz spähte sie durch das Geländer, wie ein kleines Mädchen, das die Erwachsenen unten belauscht.

Sie war auf dem üblichen Weg gekommen – die Leiter hoch und in Dawsons Zimmer –, und dann hatte sie seine Stimme von unten gehört. Sie hatte die beiden nicht belauschen wollen. Sie war auf dem Weg nach unten gewesen, als sie Dawson mit seinem Vater sah – die beiden sah und ungläubig wie versteinert stehenblieb. Mr. Leery gab Dawson Unterricht im Küssen und benutzte dazu ihren Kopf.

Jetzt beobachtete sie Dawson, während er seinen Mund auf die Maske legte. Dawson küßte sie! Sie stellte sich vor, ihr wirkliches Selbst sei statt dessen dort unten. Sein Mund auf ihrem Mund – ja, warm, feucht, tanzend...

»Schließ deine Augen«, befahl Mr. Leery.

Joey schloß ihre Augen und stellte sich vor, daß Dawson sie im Arm hielt, ihrer beider Lippen trafen sich, suchend, zögernd, dann nachdrücklicher, leidenschaftlich.

»Das ist es«, sagte Dawsons Vater.

Joeys Augen flogen auf. Dawson und sein Dad lächelten einander an – Dawson verlegen, sein Dad locker, stolz. Ein verbindender Moment. Zwischen Vater und Sohn. Nicht zwischen ihr und Dawson. Joey schüttelte heftig den Kopf, um ihn wieder klar zu bekommen.

»Das war gut«, lobte Mr. Leery seinen Sohn.

»Ja? Cool«, anwortete Dawson. »Aber jetzt vergiß bitte, daß dies jemals geschehen ist.« Er faßte grob Joeys Kopf und ging damit zur Hintertür.

Joey fühlte sich ein wenig zittrig, als sie aufstand. Am besten, sie kletterte die Leiter wieder hinunter und vergaß, daß sie jemals hiergewesen war. Als ob sie wirklich vergessen könnte, Dawson gesehen zu haben, als er die Gummimaske ihres eigenen Gesichts geküßt hatte.

Leise ging sie zu seinem Zimmer zurück. Doch bevor sie hineinging, hörte sie ein Kichern. Sie blickte sich um. Niemand da. Aber da war es wieder. Ein Kichern und ein

Flüstern – das aus dem Flurschrank kam. Und dann sah Joey die Telefonschnur ... unter der Schranktür.

»Okay, ich verspreche es«, sagte eine gedämpfte Stimme. Die Stimme der Lokalnachrichten. Die Stimme von Mrs. Leery. »Tschüs.«

Die Schranktür flog auf. Dawsons Mutter, mit dem Telefon in der Hand, unterdrückte einen kleinen Schrei. »Joey! Was tust du denn hier?«

»Ich suche Dawson. Wir filmen heute«, erklärte Joey. Und was tun Sie hier? hätte sie am liebsten gefragt. Mrs. Leerys Gesicht war gerötet. Sie sah ganz so aus, als ob sie bei irgend etwas erwischt worden wäre. Was das auch sein mochte.

»Filmen?« kam das verwirrte Echo von Mrs. Leery. »Wie nett.«

»Ich werde heute umgebracht«, sagte Joey.

»Wie nett«, wiederholte Mrs. Leery.

Schlechtes Gewissen. Ein total schlechtes Gewissen. Joey sah sich Dawsons Mutter genau an. Damit zurück zu dir, Bob. Mein Gott, Dawson hatte anscheinend recht.

Mrs. Leery schloß die Schranktür und stellte das Telefon zurück auf den kleinen Tisch im Flur. Sie drehte sich zurück zu Joey. »Geheimes Jahrestagsgeschenk für Mitch«, sagte sie. »Ich mache Pläne und will nicht, daß er etwas mitbekommt. Zwanzig Jahre werden es jetzt.«

Ja?

»Verrate nichts.«

»Natürlich nicht«, versicherte Joey.

»Zwanzig Jahre«, wiederholte Mrs. Leery. »Als er mich zum ersten Mal küßte, saßen wir in einem kleinen Ruderboot.« Sie bekam einen verträumten Blick.

»Genauso eines wie das, mit dem du immer herüberkommst.«

Joey war plötzlich auf sich selbst wütend. Was dachte sie sich eigentlich? Zwanzig Jahre waren eine lange Zeit, und Mr. und Mrs. Leery waren immer noch total verrückt nacheinander.

»Also, sei vorsichtig in der Sonne«, riet ihr Mrs. Leery. »Es ist heiß heute. Benutze einen Sunblocker.«

»Ja, danke, Mrs. Leery. Bis später«, sagte Joey.

»Ja, bis dann, Joey.«

Joey drehte sich um. Das war Dawsons Schuld. Seine krankhafte Angewohnheit, Filmkonflikte zu schaffen, war ansteckend. Als ob das Leben selbst nicht genug Konfliktstoff beinhaltete. Wie zum Beispiel zu sehen, wie dein bester Freund ein Gummimodell deines Gesichtes küßt.

14

Joey ging das Dock hinunter zu ihrem Ruderboot. Die Sonne schien. Das Wasser war ruhig. Vögel zwitscherten fröhlich. Aber man merkte, daß irgend etwas nicht stimmte.

»Steven? Steven?« rief sie.

Ihr Blick fiel auf etwas, das am Rande des Docks lag. Ein Handtuch? Ein Kleidungsstück? Sie ging hinüber, um es sich genauer anzusehen. Sie beugte sich darüber. Ein T-Shirt. Sie hob es auf.

»Ooh!« Entsetzt sog sie die Luft ein, Furcht stand nun auf ihrem Gesicht. Das T-Shirt war zerrissen und blutbefleckt. »Steven!« Jetzt klang Panik in ihrer Stimme mit.

Sie spähte ins Wasser. Da tauchte plötzlich das Meeresungeheuer auf und fiel über sie her. Irgendwie sah es echter, schlimmer aus als das letzte Mal. Sie schrie, schlug nach dem Monster und traf es am Kopf.

Das Ungeheuer fiel ins Wasser. Joey raste zurück zum Ufer, aber das Ungeheuer zog sich an einem der Holzpfosten aus dem Wasser. Es schwang sich auf den Steg und erhob sich zu seiner vollen Größe. Nun versperrte es ihr den Weg zum rettenden Ufer.

Sie wirbelte herum und rannte zum anderen Ende des Stegs. Das Ungeheuer folgte ihr. Sie sprang in ihr Ruderboot, faßte die Ruder und legte ab, aber das Ungeheuer machte einen Hechtsprung und landete im Wasser gleich neben dem Boot.

Sie schrie und kämpfte mit den Rudern, doch das Ungeheuer klammerte sich mit einer grünen Klaue seitlich am Boot fest. Jetzt holte es mit der anderen Klaue aus und traf ihr Gesicht. Eine riesige, klaffende Wunde war in ihrer Wange zu sehen.

Joey schrie wie am Spieß. Das Ungeheuer hieb seine Krallen in ihren Hals. Ihr Kopf fiel nach hinten, als es ihren Hals aufriß. Blut sprudelte in die Luft wie ein Geysir. Das Monster schlug wieder zu. Ihr Kopf flog herunter. Noch mehr Blut sprudelte in den blauen Himmel.

Joeys Kopf fiel auf den Boden des Bootes. Ihr Körper sank daneben zusammen.

Dawson richtete die Kamera auf den Kopf, der in einer riesigen Blutlache lag. Der Kopf, den er heute morgen geküßt hatte ... Oh nein. Daran durfte er jetzt nicht denken. »Und ... Schnitt! Wunderbar. Perfekt.«

Jen, die an seiner Seite stand, begann zu klatschen. Die echte Joey stand auf und tauchte aus dem Blutbad im Boot auf. Sie war von Kopf bis Fuß mit unechtem Blut besudelt.

»Das hätte nicht besser laufen können«, lobte Dawson, als sie auf den Steg kletterte.

Pacey kam ebenfalls heraus und streifte sein Monsterkostüm ab. »Joey, du stirbst so gut«, sagte er. »Dawson, können wir es nicht noch einmal machen? Bitte! Mir gefällt diese Szene so gut.«

»Nein. Wir machen weiter«, sagte Dawson, ohne sich auf irgendwelche Diskussionen einzulassen. »Wir liegen weit hinter dem Plan zurück.«

Er sah, wie Joey Pacey einen triumphierenden Blick zuwarf.

Joeys unechtes Blut tropfte auf Dawsons Veranda. Jen brachte eine Schüssel mit Seifenwasser und ein Handtuch aus der Küche. Sie stellte die Schüssel auf den Verandatisch und tauchte eine Ecke des Handtuchs hinein.

»Hier, Joey. Ich helfe dir«, bot sie an.

Joey wich zurück. »Schon in Ordnung, das kann ich schon selbst.«

»Mir macht es nichts aus.« Jen näherte sich mit dem Handtuch.

Joey spürte eine Welle von Unbehagen. Sie brauchte keine Zofe. Genervt zog sie an ihrer Bluse. Igitt. Das unechte Blut war in der Sonne bereits getrocknet, und ihre Bluse klebte jetzt an ihrer Haut, als ob das Blut echt sei.

»Autsch«, sagte Jen mitfühlend. »Sieht aus, als sei schon alles an dir festgeklebt.«

Bevor Joey es verhindern konnte, faßte Jen in den Ausschnitt ihrer Bluse und zog sie vorsichtig von Joeys Körper ab. Dann machte sie sich daran, den obersten Knopf zu öffnen.

Joey merkte, wie sich jeder Muskel ihres Körpers verspannte. Was hatte Jen denn da vor? Sie sah ihr ins Gesicht, das nur wenige Zentimeter von ihrem entfernt war, begegnete ihrem Blick. Jens Hände machten sich immer noch an Joeys Bluse zu schaffen. Joey begann zu protestieren, doch dann schwieg sie. War sie prüde? Zugeknöpft? Jen wollte wohl unbedingt den Miss-Freundschafts-Preis bekommen. Und zwar schon seit sie hier aufgetaucht war.

Behutsam knöpfte Jen den obersten Knopf an Joeys Bluse auf und wischte mit dem Handtuch über ihren Ausschnitt. Vorsichtig. Sanft. Joeys Unbehagen stieg. Jen wanderte zum nächsten Knopf.

Joey fuhr abrupt zurück. »Ich kann das jetzt schon selbst«, sagte sie und merkte, wie ihre Wangen eine rosa Farbe annahmen. Sie drehte sich leicht von Jen weg, knöpfte ihre Bluse auf und zog sie aus. Jen nahm ihr die Bluse ab und reichte ihr das Handtuch. Verlegen begann Joey, sich damit abzuwischen.

»Du hast einen schönen Busen«, stellte Jen fest.

Joey stand wie versteinert da. Wie ein Reh in den Scheinwerfern eines Autos.

»Versteh mich nicht falsch«, sagte Jen schnell. »Ich bin völlig hetero. Ich rede nur von Mädchen zu Mädchen. Du hast wirklich einen schönen Körper.«

Joey säuberte sich im Eiltempo und zog ein frisches T-Shirt an, das sie sich vorher auf der Veranda bereitgelegt hatte. Nur Gerede unter Mädchen? Jen klang ehrlich. Sie war nur so ungerührt freundlich zu Joey. Warum? Wenn Joey gemein war, war Jen nett. Wenn Joey nett war, war Jen ebenfalls nett. Aber nicht dümmlich nett. Das Mädchen hatte was im Hirn. Außerdem war sie schlagfertig. Joey war sich sicher, daß sie auch gemein sein konnte, wenn sie es darauf anlegte.

Es war schwer, sich irgendeine Strategie zu überlegen. »Ich bin zu groß«, sagte Joey und nahm schließlich Zuflucht zu dem, was sie wirklich empfand.

Jen schüttelte den Kopf. »Aber nein, gar nicht... du bist eindrucksvoll.«

Wie bitte? Joey schwieg.

»Ich wünschte, ich hätte deine Figur«, sagte Jen.

Oh nein, dachte Joey. Sie hatte ein klein wenig Ehrlichkeit zugelassen, und jetzt mußten sie gleich Wir-gestehen-uns-alles spielen. Als wären sie mit einem Mal beste Freundinnen.

»Und deine langen Beine«, fuhr Jen fort. »Meine Figur ist völlig unproportional. Ich bin zu klein. Meine Hüften beulen sich zu sehr aus, mein Gesicht sieht aus wie von einer Ente, und ich hasse meinen Busen.«

Unwillkürlich verspürte Joey Mitgefühl und Erstaunen. »Ist das dein Ernst?« Jen mußte doch wissen, wie schön sie war. Sie mußte doch gemerkt haben, daß Dawson und Pacey am Tag ihrer Ankunft vor Bewunderung wie die Idioten dagestanden hatten.

Jen zuckte mit den Schultern. »Das ist schließlich normal, oder? Sein Aussehen zu hassen?«

Tja, vielleicht hätte Joey nichts dagegen, Bess ein wenig ähnlicher zu sehen – obwohl viele ihr schon gesagt hatten, es gäbe eine starke Familienähnlichkeit – oder ein wenig mehr auszusehen wie, na ja ... wie Jen zum Beispiel.

»Du siehst nicht wie eine Ente aus.«

Jen sah sie lange an, dann lächelte sie. »Weißt du, das ist das netteste, was du zu mir gesagt hast, seit wir uns kennengelernt haben.« Sie nahm das schmutzige Handtuch und die Bluse und ging auf die Tür zu. »Ich bring das hinein und wasche es aus.«

Joey verspürte eine große Erleichterung. Genug mit all diesem süßlichen Getue. Sie leckte einen Spritzer unechten Blutes von ihrem Finger. Mehr von dem Theater konnte sie nicht verkraften.

Aber Jen brachte noch eine Bemerkung an, während sie bereits ins Haus ging. »Joey? Ich habe vor, es dir richtig schwerzumachen, mich nicht zu mögen«, sagte sie.

Die Sonne ging schnell unter. Perfekt. Der sich verdunkelnde Himmel gab genau den richtigen Effekt. Jen und Pacey standen am Ende des Stegs und unterhielten sich. Die Bucht schimmerte in den letzten Sonnenstrahlen. Dawson richtete die Kamera auf die Stelle, wo Joey enthauptet worden war, dann schwenkte er auf Jen und Pacey.

»Keine Sorge«, sagte Pacey. »Ich helfe dir, deine Cousine zu finden.«

»Das ist sehr lieb von dir«, erwiderte Jen. Nahaufnahme von ihr, von ihrem Gesicht. Mein Gott, war sie schön. Nun gerade so viel zurück, um ihre ganze Gestalt ins Bild zu bekommen. Dawson ließ die Kamera fast liebkosend ihre Figur erfassen. Noch ein wenig weiter zurück, um sie und Pacey zusammen aufs Bild zu bekommen.

»Ich kann dir gar nicht genug danken«, sagte sie mit einem Lächeln und blickte Pacey dankbar in die Augen. Dann streckte sie sich und gab ihm einen kurzen, freundschaftlichen Kuß.

Sofort legte Pacey die Arme um sie und wollte mehr. Sein Mund preßte sich auf ihren. Seine Lippen ... tanzten. Dawson war einen Augenblick lang vor Schock wie gelähmt. Der Kuß dauerte an. Die Kamera filmte ihn.

»Schnitt!«, schrie Dawson. »Pacey, was tust du denn?«

Jen und Pacey lösten sich voneinander. Dawson stürmte zu ihnen. Paceys Hand lag immer noch auf Jens Schulter.

»Was denn?« Pacey spielte den Unschuldigen. »Ich küsse. Wonach sieht es denn deiner Meinung nach aus?«

»Wie Schnorcheln.« Dawson gab Pacey einen Stoß und schlug seine Hand von Jen weg. »Und so stand es nicht im Drehbuch.«

Jen lachte amüsiert auf. Dawson sah sie an. Das Lachen verwandelte sich in ein kleines Lächeln. Ihr schien es gar nicht so viel ausgemacht zu haben.

Hinter sich hörte Dawson Joey ebenfalls lachen. Sie kam näher und schloß sich der kleinen Party an. »Es war nur ein Kuß, Dawson.« Zum Teufel mit Joey! Sie genoß das auch noch.

»Ja, und weißt du was? Ehrlich, ich finde, wir brauchen noch einen«, schlug Pacey vor.

»Nein!« Dawson wirbelte zu Pacey herum. »Ich streiche die Szene. Kein Kuß!«

»Hey. Warte mal einen Moment«, protestierte Joey. »Du kannst den Kuß nicht rausstreichen.«

Dawson holte tief Luft. Denk an Spielberg, sagte er sich. »Doch, das kann ich«, entgegnete er und gewann seine Fassung wieder. »Und ich habe es bereits getan. Es paßt nicht. Es ergibt keinen Sinn, daß diese neu eingeführte Figur den Freund ihrer toten Cousine küßt. Der Kuß ist offiziell gestrichen.«

Pacey zuckte mit den Schultern und begann in Richtung Ufer zu laufen. »Das bedeutet dann ja wohl, daß für heute erst mal Schluß ist, stimmt's? Ich habe nämlich heute abend noch was vor.«

Dawson hatte bereits genug von Paceys heißen Plänen. »Ja, Schluß für heute. Du kannst abzischen.«

Joey sah zu, wie Dawson Jen über den Rasen zum Haus ihrer Großeltern folgte. Sie selbst war auf dem Steg geblieben und begann nun, die Kameraausrüstung einzupacken. Tja, es hatte Spaß gemacht, aber wie hieß es so schön? Alles Schöne geht einmal zu Ende. Und dort drüben dackelte Dawson wie ein treues Hündchen hinter Jen her. Und sie stand hier und betrachtete Pacey mit seinem Regenbogen-Auge, während er seinen verunstalteten Taucheranzug auszog und die knappe Badehose enthüllte, die er darunter trug.

»Und, was hast du nun heute abend vor?« fragte sie mit nicht allzu großer Neugier.

»Zufälligerweise ist die Frau meiner Träume heute abend beim Schulball, und ich habe vor, auch dort zu sein«, antwortete Pacey.

»Die Glückliche«, sagte Joey. Eigentlich interessierte es sie gar nicht, wer es war, sie fragte sich lediglich, ob die Frau seiner Träume wohl so filmreif küßte wie Jen.

Dawson und Jen liefen zusammen zum Haus ihrer Großeltern. Dawson mußte daran denken, daß sie die Strecke entlanggingen, wo sie sich beinahe geküßt hätten, aber er versuchte, diesmal ganz cool und locker zu bleiben.

»Also, zur Ehre des Schulballes habe ich *Saturday Night Fever*, *Staying Alive* und *Grease* ausgeliehen«, erzählte er.

Jen blickte ihn fragend an. »Anstatt hinzugehen?«

»Ja, es wird eine lange John-Travolta-Film-Nacht. So können wir tanzen, ohne daß sich unsere Füße zu bewegen brauchen.« Er lachte. Aber er merkte, daß Jen nicht mitlachte.

»Ich kann nicht, Dawson.« Sie blickte zur Seite. »Tut mir leid.«

Dawson verspürte einen Stich der Enttäuschung. Aber er versuchte, sich nichts anmerken zu lassen. »Aufregendere Pläne?« fragte er.

»Na ja, ich gehe zum Schulball, Dawson.«

Zum Schulball? Nach dem Motto ›Wir sind alle eine große Familie‹? Nach dem Motto ›Es lebe Capeside‹?

»Tut mir leid. Ich wußte nicht, daß du mit mir Filme ansehen wolltest«, erklärte sie.

»Oh.« Na ja, er hatte es ihr auch nicht gesagt. Sein Fehler. »Nicht so schlimm«, brachte er nicht sehr überzeugend heraus. »Gehst du ... gehst du allein?«

Jen schwieg, schwieg einen ganzen Moment lang. Dawson spürte, wie ihm mulmig wurde. »Nein. Mit Cliff Elliot.«

Dawson merkte, wie sich alles in ihm verkrampfte. Das war ja noch schlimmer, als er erwartet hatte.

»Er dachte, es wäre eine gute Gelegenheit für mich, einige Leute kennenzulernen«, fuhr Jen rasch fort. Als ob es durch diese Erklärung besser würde.

»Oh.« Dawson wußte nicht, was er sagen sollte.

»Ach, komm schon, Dawson. Schau nicht so geknickt. Es ist ja kein richtiges Date oder so was. Er hat mich einfach gefragt, ob ich mitkommen möchte, und ich habe ja gesagt.«

Dawson hatte das Gefühl, daß seine Niederlage langsam einen bitteren Beigeschmack bekam. »Vielleicht steh ich ja gerade auf der Leitung, Jen, aber das ist normalerweise genau die Definition eines Dates.«

Jen sah ihn an, studierte sein Gesicht. »Ja, du hast

recht«, gab sie dann leise zu. »Ich wollte einfach gerne hingehen, weißt du. Ich bin neu hier in Capeside, und es hörte sich nach viel Spaß an.«

Dawson dachte an den Tag in der Cafeteria zurück, an dem Nellie sie alle zum Schulball eingeladen hatte. Ja, Jen hatte gesagt, es höre sich gut an. Okay, und wenn Dawson auch normalerweise nicht zu solchen Schulveranstaltungen ging, warum hatte er nicht ein wenig besser zugehört?

»Hey«, sagte Jen fröhlich, »warum kommst du nicht auch? Wir könnten miteinander tanzen«, fügte sie mit einem Lächeln hinzu. Einem aufrichtigen Lächeln. Dawson konnte sehen, daß es ihr Ernst war.

Aber was war mit Cliff Perfect? Cliff hatte Jen gefragt, ob sie mit ihm hinginge. Jen hatte ja gesagt. Sollte Dawson dort auftauchen und sich an die beiden dranhängen? Sich vielleicht einige Dutzend Mal anhören dürfen, wie Cliff das Homecomingspiel gerettet hatte, während sein Arm dreifach gebrochen war?

»Ach nein, ich habe ein Date mit Travolta«, sagte Dawson gelassener, als er sich fühlte. »Ich will ihn nicht enttäuschen.«

»Ja. Okay«, sagte Jen zurückhaltend. »Bis dann, Dawson.«

Sie ging ins Haus. Dawson lief zurück zu seinem Haus. Es ging ihm schlecht. Das reine, unverfälschte Elend hatte ihn gepackt. Und was war mit: »Ich stell mir einfach vor, wir hätten uns geküßt, Dawson«?

Er wünschte, irgendein Meeresungeheuer würde aus den Tiefen auftauchen und ihn aus seinem Unglück befreien.

15

Dawson war völlig außer sich. Verwirrt, schwer getroffen, wie eine Figur aus einem seiner eigenen Drehbücher. Joey lag ausgestreckt auf Dawsons Bett und sah zu, wie er hin und her lief. Vom Fenster zur Wand, von der Wand zum Fenster, und so weiter und so fort. Sie kam sich fast so vor, als sähe sie bei einem Tischtennisspiel zu.

»Cliff!« rief Dawson aus. »Cliff Elliot. Was soll das denn nun? Ich verstehe es nicht. Was kann sie nur an ihm finden? Was ist denn an ihm dran?«

»Du könntest bei seinem Brustumfang beginnen und dich dann weiter nach unten arbeiten«, schlug Joey vor. Jen schien ja einen guten Blick zu haben.

»Nein, abgesehen von den Äußerlichkeiten«, sagte Dawson, der so aufgeregt war, daß er Joey ernsthaft auf ihre schnippische Bemerkung antwortete. »Hier drin spielt sich gar nichts ab.« Er tippte an seinen Kopf. »Ein Hohlkopf. Genau. Der Typ ist geistig unterbelichtet. Weißt du, wie sein Film heißt? Willst du es wissen?«

»Wie heißt sein Film denn, Dawson?«

»*Helme des Ruhms*. Er berichtet über die Football-Saison des letzten Jahres. Und jetzt paß auf: Mr. Cliff Perfect selbst schreibt das Drehbuch, führt Regie und spielt die Hauptrolle.«

»Ein richtiger Streisand«, lautete Joeys Kommentar.

Dawson blieb gerade mal so lange stehen, daß er ihr mit gerunzelter Stirn einen Blick zuwerfen konnte. »Die Sache ist ernst, Joey. Verstehst du, er liefert Capeside Highs Beitrag zum Filmfestival. Meinem Filmfestival.«

»Und es ist ein Sportfilm«, stachelte Joey ihn auf.

»Ein flacher und langweiliger Sportfilm«, bestätigte Dawson.

»Der Inbegriff von allem, was du verabscheust. Könnte das Leben grausamer sein?«

»Du machst dich über mich lustig, Joey. Der Punkt ist, daß sein Drehbuch lächerlich und sein Gespür für eine Geschichte noch mehr daneben ist.« Dawson trommelte mit den Fingern auf das Fernsehgerät ein, als ob *Helme des Ruhms* es bis zu dem Bildschirm vor ihren Augen geschafft hätte. »Und dieses Machwerk stellt meine unmittelbare Konkurrenz dar.«

»In mehr als einer Beziehung«, bemerkte Joey. »Dawson, ich glaube nicht, daß es sein filmisches Können ist, das ihn attraktiv macht.«

Dawson setzte seine Vorstellung fort, wie ein Video, das noch weiterspielt, nachdem sein Betrachter bereits im Sessel eingeschlafen ist. »Was mich fertigmacht, ist, daß sie diesbezüglich so völlig offen war. ›Ich gehe mit Cliff Elliot.‹ Als ob es mir nichts ausmachen würde. Ich respektiere ihre Aufrichtigkeit, aber es ist ein wenig gedankenlos.«

»Vollkommen gedankenlos«, kam automatisch das Echo von Joey. Wo war der Stop-Schalter?

»Genau in diesem Augenblick tanzen sie zusammen. Jens Arme liegen auf seinen Schultern, und sie bewegen sich langsam zu irgendeinem idiotischen, schnulzigen Song aus den Achtzigern.«

Nun, Dawson war sehr gut darin, seine Geschichte in Szene zu setzen. Joey hörte »Eternal Flame« in ihrem Kopf spielen. Sie konnte all diese Paare auf der Tanzfläche förmlich vor sich sehen, und spürte, wie ihr Interesse wieder aufflammte.

»Und er flüstert ihr Dinge ins Ohr, über die sie lachen muß, und sie wirft ihr Haar zurück, und ab und zu treffen sich ihre Blicke, dann sind sie ein klein wenig verlegen, weil sie beide wissen, daß all das zu dem einen Moment am Ende des Abends führt, wo er sich vorbeugt und ihr sagt, wie schön es mit ihr war.«

Okay. Joey konnte es sich vorstellen. Teen love. Zu zweit allein.

»Er fragt sie, ob sie sich wiedersehen könnten, und sie lächelt auf diese spielerische, sexy Art, die in Wirklichkeit gar nicht spielerisch zu sein scheint – nur sexy, und sie sagt: ›Das fände ich schön‹, und dann kommen sie sich immer näher, ihre Lippen finden sich, ihre Zungen finden sich ... Aahh! Ich halte es nicht aus!«

Dawson warf sich aufs Bett neben Joey. Sein Monolog war beendet.

»Du bist so theatralisch«, sagte Joey.

Dawson rollte sich auf die Seite und sah sie an. »Was hat er gemacht, das ich nicht gemacht habe?«

Joey sah ihn ungläubig an. »Er ... hat ... sie ... einfach ... eingeladen«, erklärte sie und ließ zwischen jedem Wort genug Abstand, damit Dawson das endlich begriff.

Dawsons Augen wurden groß. Joey konnte sehen, wie es bei ihm klingelte. Dies war ein neuer und verblüffender

Gedanke für ihn. Joey konnte es nicht fassen. Ihre Stimmen wurden tiefer, sie bekamen einen kleinen Bart – und irgend etwas geschah mit ihrem Verstand.

Plötzlich sprang Dawson vom Bett auf. »Ich gehe zum Ball«, verkündete er entschlossen.

»Was?« Dawson tanzte nicht. Dawson war noch nie in seinem Leben tanzen gewesen.

»Ich gehe hin. Es ist meine einzige Chance.«

»Warum?« John Travolta wartete immer noch.

Dawson riß seinen Schrank auf und begann nach etwas zu suchen. »Weil Jen dort ist«, antwortete er.

»In den Armen eines anderen Mannes«, erinnerte ihn Joey. »Warum willst du dich selbst quälen?«

Dawson zog ein blaues Hemd von einem Bügel und begann sich umzuziehen. »Ich bin Künstler. Da ist Qual unerläßlich. Kommst du nun, oder nicht?«

Joey war nicht sehr begeistert davon, daß sie ihre gemeinsame lange Filmnacht aufgaben. Seit Jen angekommen war, hatten sie nicht mehr viel Zeit zusammen verbracht, geschweige denn die ganze Nacht Filme angesehen. Und außerdem, trotz all der Sticheleien zwischen ihr und Dawson, machte sie sich wirklich Sorgen um ihn. »Denk doch mal nach, Dawson. Dieser kleine Film, den du da im Kopf hast, endet vielleicht nicht so, wie du es möchtest.«

Sie war sauer auf Dawson. Okay, sie mußte es zugeben. Sie würde es nicht jemand anderem gegenüber zugeben und ganz bestimmt nicht Dawson gegenüber, aber sie wollte ihn nicht mit Jen teilen. Trotzdem wollte sie auch nicht, daß Jen ihm das Herz brach.

Aber Dawson spielte bereits die Hauptrolle in seinem

eigenen Liebesfilm. »Ich sollte derjenige sein, der sie küßt, Joey. Nicht so ein Typ aus einem Werbefilm für Männerunterwäsche. Ich kann meine Unterlippe auch zum Tanzen bringen. Ich weiß es!«

Joey hatte ihren Kuß vor Augen – als Dawson sie oder vielmehr ihren Gummikopf geküßt hatte. Er hatte den Trick mit der Unterlippe genauso geübt, wie sein Vater es ihm gesagt hatte. Zumindest in Joeys Vorstellung.

»Heute abend wird es geschehen«, beschloß Dawson. »Diese Geschichte wird ein glückliches Ende haben, Joey. Du wirst schon sehen. Heute abend werde ich sie küssen.«

Und damit meinte er keine Latexmaske. Joey seufzte und stand auf. Sie hatte keine Lust, sich all die Videos allein anzusehen und sich dabei vorstellen zu müssen, was auf dem Schulball vor sich ging. Es war besser, es live zu erleben. Der erbärmlichen Wahrheit ins Auge zu sehen.

»Das Ganze ist so theatralisch, Dawson. Aber ich werde mir deinen hormonellen Selbstmord nicht entgehen lassen. Ich bin dabei.«

Dawson lächelte zum ersten Mal an diesem Abend. Nicht gerade das glücklichste Lächeln, aber immerhin ein Lächeln. »Wir treffen uns dann unten. Gib mir zwei Sekunden. Ich muß noch mal einen Blick in den Spiegel werfen.«

Er raste ins Badezimmer, während Joey zur Treppe ging. Sie zog ihren Sweater an, und auf halbem Weg die Treppe hinunter machte sie halt, um sich einen ihrer Turnschuhe zu binden. Mrs. Leerys Stimme drang die Treppe hinauf.

»Wir werden das neue Programm wahrscheinlich erst nach dem Essen besprechen, es kann also spät werden.«

Joey blickte hinunter. Dawsons Mutter beugte sich über seinen Vater. Sie näherte sich seinem Mund. »Mmmm ...« Sie küßten sich. Und küßten sich. Und küßten sich.

Schließlich löste sich Mrs. Leery. »Ich versuche, bis Mitternacht hier zu sein«, versprach sie ihrem Mann.

Joey verschlug es beinahe den Atem, bei einem solchen Kuß auch nur zuzusehen. Oh Mann! Mr. und Mrs. Leery hatten es gut. Joey dachte an ihre eigenen Eltern. Ihr Vater hatte ihre Mutter ständig betrogen. Das hatte ihre Mutter krank gemacht, regelrecht vernichtet. Im wahrsten Sinn des Wortes. Der Krebs kam unmittelbar nach dem widerwärtigsten der kleinen Abenteuer ihres Vaters. Egal, wie man es betrachtete, er hatte sie unter die Erde gebracht.

Joey schluckte den Kloß in ihrem Hals hinunter. Sie wollte nicht darüber nachdenken. Und sie würde nicht darüber nachdenken. Sie wünschte nur, daß Dawson klar würde, wie gut er es hatte. Seine Eltern hatten alles. Und er hatte auch alles. Also, warum sollte er nicht auch noch das neue Mädchen bekommen?

»Fertig?« Er kam hinter ihr die Treppe herunter.

Joey drehte sich um und sah ihn nachdenklich an.

»Joe? Alles in Ordnung?«

»Ja. Klar«, antwortete Joey. »Dawson?«

»Ja?«

»Weißt du, ich habe nur gerade gedacht, daß dein Film vielleicht doch ein Happy-End hat.«

16

Jen und Cliff nippten an ihren hellblauen Drinks mit kleinen Plastikfischen darin. Die Turnhalle sah aus wie das Innere eines Aquariums. Überall hingen Netze und riesige Korallenriffe aus Pappmaché, Malereien rund ums Meer schmückten die Wände, und riesige Mobiles baumelten von der Decke. Die Beach Boys legte der DJ am liebsten auf, neben Madonna und »Eternal Flame« von den Bangles. Die Tanzfläche war mit Schülern überfüllt.

»Glücklicherweise ist das ein Siegestanz«, sagte Cliff laut, um die Musik zu übertönen.

Jen nahm einen Schluck von ihrer blauen Bowle. »Du meinst, du hast das Spiel gewonnen?«

Cliff lächelte sie an. Die griechische Büste lächelte. »Du bist hier, oder nicht?« antwortete er gewandt.

Jen lächelte zurück. »Das hätte das Stichwort für meinen Abgang sein können, aber irgendwie hast du's geschafft, mich zu beeindrucken.« Sie mochte Cliff. Mehr, als sie erwartet hatte. Er war nicht Dawson. Aber Dawson war schließlich nicht hier. Und dann war da noch Joey. So war es wahrscheinlich besser. Mit Cliff zusammenzusein war ganz locker. Und ganz offensichtlich hielt Cliff es auch mit dem Flirten recht locker.

»Ich habe dich überzeugt?« fragte er lächelnd.

»Oh ja, unbedingt.« Jen behielt den scherzenden Ton bei. »Du bist redegewandt, aber nicht anmaßend. Das ist beeindruckend. Gibt es denn irgend etwas, worin du nicht gut bist?«

»Tanzen«, gestand Cliff. »In dieser Beziehung bin ich sozusagen taktlos.«

Jen hoffte, daß er lediglich bescheiden war. Sie tanzte unheimlich gern. »Beweise es«, forderte sie ihn auf.

Cliff nickte. Er nahm ihre Drinks und stellte sie auf einem Tisch ganz in der Nähe ab. Dann führte er Jen auf die Tanzfläche.

Pacey nickte den Mädchen zu, an denen er vorbeikam. Er lächelte, cool, weltmännisch. Bond. James Bond. Die Rothaarige dort drüben sah gut aus in ihrem kleinen Schwarzen. Süße Freundin in waldgrünem Samt. Geschüttelt, nicht gerührt, Ladys.

Plötzlich entdeckte er sie. Und das Spiel war vorbei. Tamara. Drüben, wo es die Bowle gab, stand sie mit diesem Benji, der sich in jener demütigenden Nacht im Kino als Ben Gold, Dawsons Filmlehrer, herausgestellt hatte. Und auf einmal war Pacey nicht mehr cool, sondern nervös.

Mr. Gold entfernte sich, und Tamara blieb alleine stehen. Pacey wurde noch unsicherer. Was nun? Sie trug ein einfaches, mitternachtsblaues Kleid, nichts so Freizügiges, wie sie bei ihrer ersten Begegnung im Videoladen angehabt hatte, aber sie sah unglaublich sexy aus. Unglaublich begehrenswert. Und Pacey wußte, wie es sich anfühlte, sie in den Armen zu halten. Ihren Mund zu schmecken.

Er ging zu ihr. »'n Abend... Miss Jacobs.«

Sie lächelte verlegen. »Hallo, Pacey. Wie geht es dir heute abend?«

»Ich bin verwirrt«, antwortete Pacey ehrlich. »Durcheinander. Konfus. Betäubt. Ein Gefühlslabyrinth.«

Tamaras Mundwinkel bewegten sich nach unten. »Ich habe heute abend Aufsicht, weißt du, Pacey. Ich muß meine Runden drehen.« Sie machte einen Schritt von ihm weg.

Pacey trat ihr in den Weg. Nahe zu ihr. Nahe genug, um die Spannung zwischen ihnen zu fühlen. »Möchten Sie tanzen, Tamara?« fragte er leise.

Er konnte sehen, daß sie so durcheinander war wie er. Ihre braunen Augen glänzten vor aufgestauten Emotionen. Sie senkte den Blick. »Das ist keine gute Idee, Pacey.«

»Natürlich ist es keine gute Idee. Aber wenn die Dinge anders wären, würden Sie dann mit mir tanzen wollen?«

»Ich muß gehen«, flüsterte Tamara. Sie schlüpfte an ihm vorbei und ging auf die andere Seite der Turnhalle.

»Fertigmachen zur Landung, Captain«, sagte Dawson, während er die Turnhalle und die Dekoration mit einem Blick überflog. Sozusagen die absolute Kopie des Restaurant-Modells seines Vaters. Eine coole Band spielte neue und alte Hits, und die Leute auf der Tanzfläche flippten total aus. Go, Capeside, go!

Er und Joey traten an den Rand der Tanzfläche. Dawson suchte die Turnhalle mit Blicken ab. Es dauerte nicht lange, da hatte er Jen entdeckt. Kurzes schwarzes Häkelkleid mit halsfernem Ausschnitt, nackte Beine und schwarze Plateau-Sandalen. Ihn hatte er auch entdeckt – sie beide.

Dawson sah zu, wie sich Jen und Cliff im Rhythmus bewegten. Cliffs Arme bewegten sich wie Wellen. Jen übernahm die Geste und verwandelte sie in etwas Neues. Cliff übernahm die neue Bewegung und wiederholte sie. Sie waren gut.

»Sie geben so ein nettes Paar ab«, bemerkte Joey.

»Halt die Klappe«, befahl Dawson.

»Was genau ist dein Plan?«

Dawson überkam eine gewisse Verzweiflung. »So weit bin ich noch nicht gekommen.«

»Tja, dann solltest du dir lieber schnell etwas ausdenken«, meinte Joey. »Denn in gewisser Weise ist das, was sie tun, als Vorspiel bekannt.«

Dawson zog eine Grimasse. Irgendwie mußte er jetzt die Bühne betreten. Aber wie sollte er das tun? Jen und Cliff waren ganz in ihre glückliche Tanzwelt vertieft. Die Welt der Schulbälle. Die Welt des Footballs. Die Welt, zu der sie paßten. Mit jeder Sekunde, die er hier stand, verlor er an Boden. Er blickte Joey an.

»Tanzt du?« Er kannte die Antwort.

»Niemals.«

»Jetzt schon«, korrigierte Dawson sie. Er faßte sie am Arm und zog sie auf die Tanzfläche.

»Dawson, das kann nur in die Hose gehen!« protestierte sie.

»Wir schaffen das schon. Du mußt nur ein wenig herumhüpfen und deinen Hintern hin und her schütteln«, sagte Dawson sowohl zu Joey als auch zu sich selbst.

Er führte sie in die Menge zuckender Körper, in die Richtung, in der Cliff und Jen tanzten. Dann ließ er ihren Arm los und stellte sich ihr gegenüber, wechselte zögernd von einem Fuß auf den anderen und bewegte seinen Kopf nickend zur Musik. Joey warf ihm einen skeptischen Blick zu und bewegte ihre Arme in einer leicht abgewandelten Schwimmbewegung.

Und dann war es vorbei, noch bevor sie richtig angefangen hatten. Die Schlußtöne des Liedes erklangen, und die Lichter in der Turnhalle wurden noch schwächer. Der Klang von Wellen, die sanft an einen Strand schlagen, drang durch die Lautsprecher, gefolgt von den weichen Gitarrenklängen eines langsamen Blues. Einige der Tanzenden nahmen das zum Anlaß, die Tanzfläche zu verlassen. Der Rest rückte enger zusammen, bereit, sich geschmeidig und romantisch zur Musik zu bewegen.

Dawson verspürte einen Anfall von Panik. Er sah Joey an. Sie sah ihn an. Angriff oder Rückzug? Dawson zog Joey in seine Arme und blickte sich gleichzeitig nach Jen um.

»Wir haben sie verloren«, sagte er in Joeys Ohr.

»Vielleicht an der gleichen Stelle, an der du deinen Verstand verloren hast«, erwiderte Joey. Aber sie legte ihre Arme um ihn.

Es war überraschend einfach, sich zu dem Lied zu bewegen. Dawson war sich schwach bewußt, daß es gar nicht mal so unangenehm war, obwohl er eigentlich nach Jen suchte. Er drehte Joey herum, damit er die andere Seite der Aula absuchen konnte. Joey folgte seiner Führung problemlos und anmutig. Dawson war verblüfft.

»Hey, du bist ja richtig gut«, flüsterte er.

Joey hatte keine Antwort parat. Aber das war nicht so schlimm, denn sie füllten die Wortlosigkeit mit der Bewegung ihrer Körper zur Musik. Dawson merkte, wie er sich entspannte. Das war wirklich ganz und gar nicht unangenehm.

»Hallo, ihr beiden.« Beim Klang von Jens Stimme kehrte das Adrenalin zurück.

Er und Joey drehten sich gleichzeitig um und sahen Jen und Cliff genau neben sich. Sie tanzten sehr eng zusammen .

»Hi«, grüßte Dawson vorsichtig.

»Du hast es doch geschafft«, bemerkte Jen erfreut.

»Ja.«

»Kennt ihr beiden Cliff?«

»Hi«, sagte Joey. Dawson sah, wie sie mit ihrer Musterung beim Brustumfang anfing und sich nach unten arbeitete. Dawson nickte Cliff kurz zu.

»Wir haben zusammen Filmklasse, stimmt's?« fragte ihn Cliff und drehte sich und Jen, damit er und Dawson sich verstehen konnten.

»Nicht direkt. Es ist mein derzeitiger Studienraum.«

»Aber Dawson ist ein sehr talentierter Filmemacher«, warf Jen schnell ein. Dawson hätte sich darüber mehr gefreut, wenn sie dabei nicht in Cliffs Armen getanzt hätte.

»Ach ja?« sagte Cliff. »Du machst Filme?«

Die Sache lief nicht so, wie sie sollte. Dawson war keineswegs hierhergekommen, um mit Mr. *Helme des Stolzes* gemütlich über Filme zu plaudern. »Ich bin Amateur«, sagte Dawson abweisend.

»Auch okay«, sagte Cliff.

Dawson merkte, daß er immer frustrierter wurde. Manchmal mußte man einfach wissen, wann man »Schnitt« zu rufen hatte.

»Bis später«, sagte er zu Cliff und Jen. Er drehte sich mit Joey um und tanzte davon. Als die Musik endete, hatten sie Jen und Cliff wieder verloren.

Dawson und Joey ließen einander los. »Das lief ja hervorragend«, bemerkte Joey, als sie die Tanzfläche verließen.

Von der Seite aus beobachtete Pacey Tamara, wie sie die Tanzenden betrachtete. Den Blick nach vorne gerichtet, entschlossen, sorgfältig und bemüht. Total darauf konzentriert, seinen Blick zu meiden. Sie wußte, daß er sie ansah. Wußte genau, wo er stand.

Pacey senkte den Blick, genervt, geschlagen. Tamara wußte, daß er ihr gehörte, sobald sie nur einen Ton sagte, doch genau das tat sie nicht. Vielleicht gab es noch eine andere Möglichkeit. Er mußte ihr klarmachen, was ihr entging. Pacey runzelte die Stirn. Ein lahmer Plan, soviel stand fest. Insbesondere deshalb, weil ihr absolut nichts entging. Es war ja nicht so, daß bei ihm zur Zeit wahnsinnig viel lief. Okay, auch sonst nicht, um ehrlich zu sein. Aber er war verzweifelt. Verzweifelt genug, um sich Nellie zu krallen, als er sie vorbeigehen sah.

»Hi, Nellie.« Lächle, befahl er sich.

»Oh, hm«, stieß Nellie mißtrauisch hervor.

»Nette Party. Ich finde es wirklich toll, was ihr hier mit der Deko geschafft habt.«

Nellie sah ihn durchdringend an. »Du scheinst fast umgänglich zu sein, Pacey. Hast du getrunken?«

Pacey warf Tamara einen Blick zu. Ja, tatsächlich. Sie beobachtete ihn, während er mit Nellie sprach. Eindeutig. Das Lächeln, das er Nellie schenkte, wurde noch verbindlicher.

»Ich? Getrunken? Aber nein, gar nicht. Ich habe nur die Feinheiten in deinen Neonsalmlern bemerkt, oder sind es Goldfische?«

»Deine Komplimente sind verdächtig.«

»Aber ich meine das ganz ernst.« Pacey tat sein Bestes, um den netten Jungen von nebenan zu spielen. »Es ist einfach so, daß dieses ganze tolle Unterwasser-Meeresleben mir gezeigt hat, wie unrecht ich hatte, dir bisher so wenig zuzutrauen, und ich dachte, du würdest vielleicht gern ... ich weiß nicht ... mit mir tanzen ... vielleicht.« Schüchtern. Unsicher. Er hatte noch viel zu üben. Und Tamara sah zweifellos zu.

»Das ist ja wirklich süß von dir«, erwiderte Nellie. »Mich zu fragen. Mich! Von allen Menschen mich.«

Pacey machte einen Schritt auf sie zu, bereit, sie auf die Tanzfläche zu führen. Um Tamara willen konnte er es aushalten.

»Mich, die wirklich absolut nichts dagegen hätte, wenn du – genau in diesem Augenblick – tot umfallen würdest. Und ich wünschte, ich könnte diesen Augenblick genießen, um dir ins Gesicht zu lachen, aber mir wird ganz schlecht, wenn ich mich so lange in deiner Nähe aufhalte, also entschuldige mich bitte.« Nellie bewegte die Finger einer Hand in einer übertrieben gezierten Geste. Dann war sie fort.

Pacey blickte rasch zu Tamara hinüber. Aber Tamara unterhielt sich lebhaft mit einigen ihrer Schüler. Sie sah überhaupt nicht in Paceys Richtung. Was für ein erstklassiger Plan!

17

»Hey!« Dawson holte Jen im Flur ein, wo die Musik und die Stimmen aus der Turnhalle gedämpfter waren.

Jen drehte sich überrascht um. Dann lächelte sie. »Ich habe gerade nach dir gesucht. Wo warst du denn?«

Dawson spürte seine Stimmung steigen, aber er tat cool. »Ich bin hier, ich bin da.«

»Ich hoffte, wir könnten mal zusammen tanzen.«

»Was ist mit Cliff?« erinnerte Dawson sie.

»Wenn du lieber mit ihm tanzen möchtest ...«, scherzte Jen.

»Du weißt, was ich meine.«

Jen seufzte und lief weiter den Flur entlang. »Wenigstens für ein Lied. Eine dreiminütige Ablenkung vom Leben.«

Jen schien nicht zu begreifen, daß mit dem Bild, das sie hier zeichnete, etwas nicht stimmte, oder? Dawson lief neben ihr her. »Aber er hat vielleicht was dagegen. Weil du sein Date bist und so weiter.« Er spuckte das Wort »Date« aus wie eine verfaulte Frucht.

Jen blieb vor der Tür zu den Toiletten stehen. »Vergiß, daß ich gefragt habe, Dawson«, sagte sie kopfschüttelnd.

»Aber ...« Aber was? Jen hatte gefragt, ob er mit ihr tanzen wolle. Er hätte nur ja sagen müssen. Das wäre alles gewesen. Sie stieß die Tür zu den Toiletten auf und ging hinein.

Versager, Mann! Du bist ein absoluter Versager, beschimpfte sich Dawson in Gedanken. Er folgte ihr durch die Tür.

Schreie ertönten und schienen von all den Fliesen, dem Metall und dem harten, glänzenden Porzellan wiederzuhallen. Ein Trio von Mädchen, vor den Spiegeln an den Waschbecken aufgereiht, sah Dawson an und kreischte, als hätte gerade Freddy Krueger den Damen-Waschraum betreten.

Dawson zog sich schnellstens zurück. Was dachte er sich eigentlich? Du hast es wieder mal geschafft, Leery, gratulierte er sich.

»Das ist oberpeinlich«, meinte Joey. Sie und Dawson saßen an einem Tisch, saßen beim Ausschuß, den Mauerblümchen, den Inkompatiblen. Sie sahen zu, wie Jen und Cliff sich mit anderen unterhielten. Die ganze ach so tolle Party-Gang stand dort unten, unterhielt sich und lachte. Schwer zu glauben, daß sie und Dawson schon immer in Capeside gelebt hatten und Jen gerade mal eine Woche hier war. »Komm, lassen wir diese Traumschiff-Party hinter uns.«

»Nein, ich genieße mein Elend«, entgegnete Dawson voller Selbstmitleid.

»Das Schiff segelt davon, Dawson. Und während du hier im Hafen sitzt und trauerst, segelt die USS-Jennie weiter und weiter hinaus aufs Meer. Hast du denn noch nicht genug?« fragte Joey.

»Nein, ich atme noch.«

»Du kennst dieses Mädchen doch kaum, Dawson.«

»Das ist ja das Besondere dabei, Joey. Es stimmt, Jen ist praktisch erst vor zwei Sekunden in mein Leben getreten, aber ich spüre bereits ein Band zwischen uns. Dieses Band, das sagt, daß wir füreinander geschaffen sind. Du kannst es ruhig pubertären Wunschtraum oder Wahnvorstellung nennen, aber irgend etwas Grundlegendes existiert zwischen uns.«

Das war genau die Art von theatralischer Rede, die Dawson liebend gern von sich gab. Aber Joey konnte aus seiner Stimme heraushören, daß er wirklich traurig war. Oder Sehnsucht hatte. Es war etwas, das sie nicht gewöhnt war zu hören. »Dawson, du machst mir angst. Du kommst mir vor wie dieser Mr. Hyde. In einem Augenblick bist du Dawson und im nächsten Moment sein zweites geistiges Selbst. Du hast dich in das Ungeheuer aus deinem eigenen Film verwandelt.«

»Dann soll es eben so sein«, sagte Dawson. »Ich kann es nicht deutlicher erklären, Joey. Dieses Mädchen ist mir ein Rätsel, aber ich habe das Gefühl, als würde ich sie schon mein ganzes Leben lang kennen. Mit ihr ist es ungefähr wie mit dir.«

Oh. Joey merkte, wie sie die Luft anhielt.

»Sie fordert mich genauso heraus wie du. Sie könnte du sein. Mit dem Unterschied, daß sie Jen ist.«

Joey stand auf. Was sollte das denn nun wieder heißen? Sie könnte du sein. Was denn? Sie ist besser als du? Süßer als du? Größere Oberweite, soviel stand schon mal fest. »Tja, darf ich dich einfach mal daran erinnern, wie dein kleiner sinnbildlicher Horror-Schrägstrich-Liebesfilm endet. Das Ungeheuer bekommt das Mädchen nicht. Es stirbt einen gewaltsamen, blutigen, furchtbaren Tod. Ruhe in Frieden, Dawson. War nett, dich kennenzulernen.« Joey schob ihren Stuhl zurück.

»Wo willst du denn hin?« fragte Dawson schüchtern.

»Ich bin bereits tot. Hast du das vergessen?« antwortete Joey und stürmte durch die Turnhalle davon.

Sie war jedoch nicht schnell genug, um weit zu kommen. Plötzlich packte Pacey sie am Arm. »Tanz mit mir, Joey«, befahl er.

»Was?« Waren jetzt alle durchgedreht? Hatte vielleicht jemand irgendwas in die Tropische-Fische-Bowle getan?

»Bitte, du mußt einfach«, sagte Pacey. »Ich will dieses Mädchen eifersüchtig machen. Bitte, Joey, vergiß einfach mal für einen Augenblick all deine Abneigung und tanz mit mir. Ich flehe dich an.«

Joeys Mund verzog sich abweisend. Dawson mochte sich in sein eigenes Meeresungeheuer verwandelt haben, aber Pacey war schließlich das Originalmonster aus der Tiefe. Und diese Rolle entsprach durchaus seinem Typ. »Da würde ich ja noch lieber auf einer Rasierklinge in einen riesigen Whirlpool voll Zitronensaft rutschen.«

Doch Pacey hatte seine Arme bereits um sie gelegt und begann, sie auf die Tanzfläche zu drängen.

Joey versuchte das Ellbogenmanöver, das sie während der Dreharbeiten bei Pacey angewandt hatte. Aber dies hier waren keine Dreharbeiten. Der Kerl war fest entschlossen. Er hielt sie eng an sich gedrückt und begann, sich mit ihr zur langsamen Musik zu bewegen. »Ich werde dich umbringen«, stieß Joey mit zusammengebissenen Zähnen hervor.

Pacey ließ nicht los. »Bitte! Ich kann dir auch Geld geben.«

»Laß mich los, oder ich lasse deinen Hintern quer durch die ganze Turnhalle segeln«, drohte Joey.

Aber Pacey blickte zum Rand der Tanzfläche. Joey sah ein kleines, zufriedenes Lächeln auf seinem Gesicht auftauchen. Er blickte zurück zu ihr. »Küß mich«, befahl er.

»Jetzt bist du total durchgeknallt.« Joey versuchte, sich von ihm loszureißen. Mit aller Kraft.

Pacey zog sie zurück, bevor sie sich völlig von ihm losgemacht hatte. »Du kannst mich für immer hassen, Joey, aber jetzt, in diesem Augenblick, mußt du deine Augen schließen und an jemand anders denken.«

Sie wußte nicht, wie ihr geschah. Pacey faßte ihr Gesicht mit beiden Händen, und schon lag sein Mund auf ihrem. Sie spürte, wie sich seine Lippen auf ihren mit überraschender Geschicklichkeit bewegten. Ihre Augen schlossen sich wie von selbst. Pacey verschwand, und es war jemand anders. Der Mund. Denk nur an seinen Mund – sonst nichts. Sie merkte, wie sie nachgab, ihr Mund öffnete sich, und ihre Zungen trafen sich ...

Und dann zog er sich zurück, ihre Augen flogen auf und sahen: Pacey! Das Entsetzen darüber überrollte sie förmlich. Sie hob die Hand und schlug Pacey mit aller Kraft ins Gesicht. Ihre Handfläche traf seine Wange mit einem lauten Klatschen.

»Du widerliches Ekelpaket!« zischte sie.

»Es wird Zeit, die derzeit laufende Szene umzuschreiben«, sagte Dawson leise. Er ging auf die Tanzfläche, wo Cliff und Jen gerade zu einem langsamen Stück tanzten.

Um sich Mut zu machen, holte er noch einmal tief Luft, dann tippte er Cliff auf eine seiner kräftigen, muskulösen Schultern.

»Entschuldige bitte, ich möchte gerne unterbrechen.«

Cliff und Jen sahen beide verblüfft auf. »Was willst du denn, Dawson?« fragte Jen.

»Um ehrlich zu sein, ich möchte nicht unterbrechen. Ich möchte übernehmen. Ich danke dir, Cliff, daß du Jen zu Anfang des Abends so gut unterhalten hast, aber jetzt bin ich hier, von gesundem Verstand und Körper, und ab sofort kann ich weitermachen.«

»Wovon redest du denn?« fragte Cliff.

Dawson sah erwartungsvoll zu Jen.

»Ja, wovon redest du denn?« kam das Echo von Jen.

Dawson war etwas aus dem Konzept gebracht. Das war nicht die Antwort, die er erwartet hatte. Aber er hatte Jen heute bereits zweimal entkommen lassen. Ein drittes Mal, und du bist weg vom Fenster. Selbst wenn du von Baseballregeln keine Ahnung hast, Kumpel.

»Ich spreche von dir und mir«, sagte er ernst zu Jen. Er drehte sich zu Cliff. »Von ihr und mir. Verstehst du, es ist alles ein wenig verwirrend, aber alles, was du im Augenblick wissen mußt, Cliff, ist, daß Jen und ich etwas am Laufen haben. Es ist nur leider immer noch ein wenig unklar und unausgesprochen, und dies ist mein Versuch, die Situation zu klären.« Cliff und Jen hatten mittlerweile aufgehört zu tanzen. »Also bitte ich dich, es wie ein Mann zu nehmen und zur Seite zu treten, damit ich einen Augenblick mit Jen allein sein kann.«

Cliff trat einen Schritt von Jen weg und warf ihr einen fragenden Blick zu. »Wer ist dieser Kerl denn?«

Jen blickte zu Dawson. Er schaute sie an. Sie sah nicht gerade glücklich aus. »Dawson, was soll das denn?« fragte sie leise.

»Hey, du gehst jetzt lieber«, sagte Cliff. »Das wird zu absurd.«

Um sie herum begannen die Leute sie anzustarren. Tja, ab jetzt konnte es doch nur noch besser werden, oder? »Nein, du wirst gehen«, entgegnete Dawson in einem Anfall von Mut. »Ich bleibe.«

Cliff wandte sich an Jen. »Was läuft denn hier, Jen? Möchtest du mit diesem Kerl zusammensein?«

Jen verzog ihr rundes, hübsches Gesicht. Sie blickte von Dawson zu Cliff und zurück zu Dawson.

»Warum gehst du nicht einfach?« sagte Cliff drohend.

»Nein.« Dawson gab nicht auf. »Warum gehst du nicht?«

Cliff stellte sich zwischen Dawson und Jen. »Und wenn nicht?« Er blickte auf Dawson herab. Er war groß. Er konnte Footballspiele mit einem dreifach gebrochenen Arm gewinnen.

»Ehrlich gesagt, habe ich es nicht so weit durchdacht«, sagte Dawson wohlweislich.

Aber Jen hatte sich bereits einige Schritte von ihnen beiden entfernt. »Ich sag euch was«, rief sie, und aus ihrer Stimme konnte man Widerwillen und Wut heraushören. »Ich mache es euch beiden einfacher. Ich werde gehen.«

Und damit ging sie.

Dawson und Cliff standen sprachlos in der Menge. Wunderbarer Auftritt, Kumpel, sagte sich Dawson. Du hast sie gerade verloren.

18

»Ich glaube, das ist die schrecklichste Nacht meines Lebens«, klagte Dawson.

Joey blieb sicherheitshalber auf der anderen Seite von Dawson, weit weg von Pacey. Wenn dieses Meeresungeheuer ihr noch einmal irgendwie näher käme, würde sie sich ernsthaft überlegen, ihn einsperren zu lassen. Allerdings könnte das ein wenig schwierig werden, da Paceys Vater und sein Bruder praktisch ein Viertel der ständigen Polizeieinheit von Capeside bildeten. Aber Dawson merkte nichts von der besonderen Spannung zwischen seinen besten Freunden. Schließlich war es unmöglich, daß es im Vergleich zu seiner Katastrophe noch Schlimmeres gab. Die drei liefen den Hafen entlang zusammen nach Hause, während die meisten Lokale gerade schlossen.

»Ich bin das, was man einen Trottel nennt«, fuhr Dawson fort. »Joey, wie konntest du mich das tun lassen?«

Der Mond verschwand hinter einer Wolke und kam wieder hervor. »Da haben wir's. Ich wußte ja, daß es irgendwie wieder gegen mich gehen würde. Alles ist wieder mal meine Schuld.«

»Und du, Pacey! Mein nicht existierender Freund«, beschwerte sich Dawson.

»Tut mir leid, Mann, ich war anderweitig beschäftigt«, entschuldigte sich Pacey und grinste Joey vielsagend an.

Joey weigerte sich, ihn zur Kenntnis zu nehmen. »Zumindest habe ich dich nicht verlassen«, erinnerte sie Dawson. »Ich bin zurückgekommen.«

Dawson drehte sich zu Pacey. »Und wer, bitte, ist eigentlich diese geheimnisvolle Frau, auf die du ständig anspielst?«

Pacey seufzte. »Unglücklicherweise bleibt die geheimnisvolle Frau auch für mich ein Geheimnis«, sagte er.

Dawson ging der Sache nicht weiter nach. Nicht jetzt, wo gerade *Helme des Ruhms II* gedreht wurde. »Ich wette, genau in diesem Augenblick küssen sich die beiden.«

»Geh lieber nicht hin«, riet ihm Joey.

Sie hatten die Straße erreicht, wo Pacey abbiegen mußte. »Okay, Freunde, hier ist meine Haltestelle. Wir sehen uns dann, mañana.«

»Bis dann«, verabschiedete sich Dawson geistesabwesend.

Joey seufzte vor Erleichterung auf, als Pacey verschwand. Verrückter Abend. Sie und Dawson liefen eine Weile schweigend nebeneinander her.

»Also gut, Joey, laß uns mal nachdenken«, sagte Dawson schließlich. »Was haben wir aus dem heutigen Abend im Stil von Beverly Hills gelernt?«

Das war leicht zu beantworten. »Wir sollten Samstag abends immer zu Hause bleiben und uns Filme ansehen, weil im wirklichen Leben das Zurückspulen per Fernbedienung einfach nicht funktioniert«, antwortete Joey.

Dawson atmete tief ein und aus. »Das wird kein Problem sein, nachdem ich es mit Jen verpatzt habe. Es ist offiziell vorbei.«

»Es hatte nie begonnen, Dawson«, korrigierte Joey ihn.

Dawson war zu niedergeschlagen, um sich eine bissige Antwort zu überlegen. »Ich fühle mich wirklich wie das Monster aus meinem Film«, gestand er. »Da geht irgend etwas in mir vor, das ich nicht kontrollieren kann. Es ist, als fände ich kein Gleichgewicht mehr. Alles ist entweder super oder beschissen. Es ist entweder heiß oder kalt. Schwarz oder weiß. Es gibt keine Mitte mehr. Ich meine, nichts ist mehr einfach normal.«

»Ich bin zu müde, um zu philosophieren, Dawson.« Und das war Joey wirklich. Sie hatten in einer Woche ziemlich viele Veränderungen durchgemacht.

Dawson betrachtete sie nachdenklich und nickte langsam. Joey konnte sehen, daß sie zu ihm durchgedrungen war. »Tu mir einen Gefallen: Wenn ich wieder mit so was anfange, kannst du mich dann bitte einfach an mein Bett ketten und darauf warten, daß ich wieder richtig im Kopf werde?«

»Darf ich Lederriemen benutzen?«

»Nicht, bevor du mir das mit dem Bienenwachs erklärt hast«, sagte Dawson und stupste sie an.

Joey lachte. Ein echtes, unbeschwertes Lachen. »Dawson, du bist ein solcher Idiot. Ja, wirklich! Ich verstehe nicht, wie jemand so selbstbewußt und gleichzeitig so vollkommen ahnungslos sein kann. Das kapiere ich einfach nicht.«

»Das ist mein Charme«, erklärte Dawson.

Joey mußte lächeln. Ja. Damit hatte er recht. Es war

tatsächlich sein Charme. Plötzlich sah sie, wie Dawsons Miene sich verdunkelte.

»Oh nein«, stöhnte er und starrte auf irgend etwas in der Ferne.

Joey folgte seinem Blick. Nicht irgend etwas. Irgend jemand. Miss-Jemand-Anders. Sie stand am Pier am Ende des Hafens und blickte aufs Meer hinaus. Sie sah wunderschön aus im wechselnden Mondlicht. Selbst Joey fand das.

»Was soll ich nur tun?« fragte Dawson. Er klang richtig ängstlich.

»Das mußt du selbst wissen.« Diesmal konnte Joey ihm nicht helfen, selbst wenn sie es gewollt hätte.

»Ich habe den Abend ja schon ziemlich ruiniert. Da kann ich mein Werk genausogut auch noch vollenden.«

»Bis niemand mehr aufrecht stehen kann«, sagte Joey resigniert.

»Kann ich mich dann bei dir ausheulen, Joey?«

»Ja, klar kannst du das.«

Dawson holte tief Luft. »Drück mir die Daumen.«

Joey sah ihn an, dann blickte sie zu Jen und wieder zurück zu Dawson. Es tat ihr weh. Aber sie wußte, daß es Dawson auch weh tat, und das schmerzte sie nur noch mehr. »Viel Glück, Dawson. Ich hoffe, du bekommst deinen Kuß.«

Und eigenartigerweise meinte sie das ernst. Von ganzem Herzen.

»Das kann einfach nicht wahr sein.« Dasselbe hatte Pacey doch schon mal gehabt. Tamara stand genau an der gleichen Stelle und sah traurig, aber wunderschön aus im weichen, schimmernden Licht des Hafens. Pacey ging auf sie zu. Genau wie letztes Mal.

»Miss Jacobs.«

Sie drehte sich um. Aber diesmal sah sie aus, als ob sie ihn erwartet hätte. »Hallo, Pacey.«

»Die Situation kommt mir irgendwie bekannt vor.«

»Ich dachte, ich würde dich vielleicht hier finden.« Also hatte sie tatsächlich auf ihn gewartet.

Pacey fühlte sich augenblicklich geschmeichelt. Und war augenblicklich auf der Hut. »Sind Sie hier, um zu wiederholen, was nicht geschehen ist?« fragte er kühl und distanziert.

»Ich dachte, es wäre vielleicht angebracht, mit dir zu reden.«

»Das gibt uns die Möglichkeit, das Ganze zu wiederholen.«

»Nur das Ende müssen wir ändern«, sagte Tamara. »Ich möchte mich für mein Verhalten entschuldigen, Pacey. Ich wollte dich nicht so abfertigen, aber die ganze Angelegenheit ist mir völlig über den Kopf gewachsen.«

Schwere Prüfung. Vielen Dank, Miss Jacobs.

»Als ich dich dann in der Schule sah«, erklärte sie, »wußte ich nicht, was ich sagen sollte. Das Ganze ist zweifellos das absurdeste, was ich je in meinem Leben getan habe. Nicht zu vergessen, daß es rechtlich gesehen strafbar ist.«

»Es war doch nur ein Kuß.« Okay, es war ein besonderer Kuß. Trotzdem ...

»Nein, es war mehr als das«, erwiderte Tamara.

Paceys Puls beschleunigte praktisch von Null auf Hundert. Was wollte Tamara damit sagen?

»Es war vollkommen falsch von mir, und ich könnte dir jetzt erklären, wie völlig durcheinander ich bin, denn du verdienst eine Erklärung für mein Verhalten. Doch anstatt dich mit Erklärungen zu belasten, die für dich vielleicht zehn Jahre Therapie nach sich ziehen, dachte ich, ich könnte vielleicht mit einer einfachen Entschuldigung davonkommen. Pacey, es tut mir leid.«

Oh. Es tut ihr leid. Das soll heißen: Es tut ihr leid, daß es überhaupt passiert ist. Der Puls sackte augenblicklich wieder ab.

»Und ich hoffe, das Ganze hat bei dir nicht irgendwelche bleibenden Narben hinterlassen. Was ich tat, war falsch... und ich kann nur wiederholen, daß es mir leid tut.«

Narben? Von einem Kuß? Vielleicht wollte Tamara diesen Moment auslöschen, Pacey jedoch keineswegs. Wenn auch nichts sonst, so hatte er doch wenigstens die Erinnerung daran. An den Augenblick, in dem es nicht darum ging, wie viele Jahre zwischen ihnen standen oder auf welcher Seite des Lehrerpults sie saßen. Der Augenblick, in dem alles, was existierte, das Gefühl ihrer Lippen, ihres Körpers und des Verlangens war, das sie beide erfaßt hatte.

»Weshalb meinen Sie denn die ganze Verantwortung dafür übernehmen zu müssen?« fragte er. »Ich bin vielleicht erst fünfzehn, aber ich habe schon längst das Alter erreicht, in dem ich für mich selbst verantwortlich bin.« Er hielt inne, als er merkte, wie großspurig das klang. »Okay, vielleicht nicht rein rechtlich gesehen.« Er lachte kurz auf. »Aber für mich persönlich selbst. Ich habe zurückgeküßt. Meine Lippen haben zurückgeküßt.«

»Da kann ich nicht ganz widersprechen«, räumte Tamara ein.

»Und ich bedauere es ganz und gar nicht. Und Sie sollten das auch nicht.«

Tamara lächelte auf eigenartige, traurige Weise. »Aber es darf nicht noch einmal passieren, Pacey. Von diesem Augenblick an ist unsere Beziehung lediglich die einer Lehrerin und eines Schülers. Ich möchte, daß das klar ist.«

Dafür ist es zu spät, dachte Pacey. »Und wenn ich etwas dagegen hätte?« Er machte einen Schritt auf sie zu.

»Die Frage steht überhaupt nicht zur Debatte. Du weißt, daß es so sein muß. Aus all den offensichtlichen und weniger offensichtlichen Gründen.«

Pacey wußte, daß sie recht hatte. Wußte es vom Verstand her, mit jedem einzelnen Stückchen Vernunft, das er besaß. Doch jeder andere Teil von ihm wußte, daß sie absolut unrecht hatte. Sie standen voreinander, gefangen im Blick des anderen, hielten sich, ohne sich zu berühren. Sie waren immer noch wie magnetisch voneinander angezogen.

»Das alles ist einfach so unfair«, sagte Pacey leise. »Ich kann mit Mädchen nicht so besonders gut umgehen, und jetzt habe ich endlich jemand getroffen und ...« Er beendete den Satz nicht. Nichts, was er sagen konnte, würde die Situation ändern.

Tamara reichte ihm zögernd die Hand, schien es sich dann jedoch anders zu überlegen und zog ihre Hand schnell zurück. »Keine Sorge, Pacey. Das wird sich ändern. Glaub mir.« In ihrer Stimme schwang Zärtlichkeit mit. Zuviel Zärtlichkeit. Pacey merkte, wie er es nicht mehr aushielt.

»Ja, dann ...«

»Gute Nacht, Pacey.«

»Gute Nacht, Tamara.«

Pacey riß sich los. Er drehte sich um und fing an, wegzugehen. Er konnte sie hinter sich spüren, spüren, wie sie einfach dastand. Nein! So durfte es nicht sein! Pacey wirbelte herum, schloß die Lücke zwischen ihnen mit wenigen Schritten und nahm sie in seine Arme.

Sie trafen sich in einem leidenschaftlichen Kuß. Der Augenblick dehnte sich machtvoll und intensiv, löschte alles um sie herum aus. Sie küßten sich wieder. Und wieder.

19

Dawson betrachtete Jen aus einigen Metern Entfernung. Sie blickte hinaus über den Hafen auf eine kleine Yacht, die ganz in der Nähe vor Anker lag. Doch Dawson bezweifelte, daß sie sie wirklich wahrnahm. Auf Deck trat ein Pärchen näher zusammen. Jen zog ihren dünnen Sweater eng um ihren Körper. Zog sich in sich zurück. Vielleicht sah sie tatsächlich dem Pärchen zu, oder vielleicht fröstelte sie in der kühlen Abendluft des Herbstes, die das Ende des Sommers verkündete.

Dawson kämpfte mit sich. Sollte er weggehen, weil alles sowieso schon schlimm genug war, oder sollte er einen Versuch wagen und riskieren, daß er es nur noch schlimmer machte? Obwohl er bezweifelte, daß das überhaupt noch möglich war.

»Ich fange an, mir wie dein Fernseher vorzukommen«, sagte Jen, ohne den Blick zu wenden.

Entdeckt! Sie hatte die ganze Zeit gewußt, daß er da war. »Ich wußte nicht, was ich sagen sollte«, stieß Dawson hervor.

»Auf einmal?« sagte Jen kühl. Sie drehte den Kopf zu ihm.

Dawson stand bewegungslos da. Wortlos. Er wußte nicht, was er sagen konnte, um das, was er getan hatte, ungeschehen zu machen.

»Ich bin wirklich sauer, Dawson.«

»Ich weiß.« Er spürte ihre Wut wie ein Kraftfeld, das sie schützte, ihn von ihr fernhielt.

Sie blickte wieder aufs Meer hinaus. »Was willst du von mir, Dawson?«

»Ich möchte wissen, was zwischen uns abläuft.« Kein Drehbuchdialog diesmal. Nichts Supergescheites. Dies war die Wirklichkeit.

»Muß denn diese Frage heute abend noch beantwortet werden?«

»Es tut mir leid, was heute abend passiert ist, Jen. Ich habe ein wenig Angst bekommen. Angst, nur ›ein Freund‹ zu sein.«

Jen sah ihm jetzt ins Gesicht. »Oh, ein Freund. Wie furchtbar.« In ihrer Stimme schwang eine Bitterkeit mit, die er nie zuvor gehört hatte.

»Es ist tatsächlich furchtbar«, bestätigte Dawson. »Ich habe das Gefühl, als würde ich zu diesem Freund werden, der nebenan wohnt, derjenige, zu dem du kommst und dem du all deine Jungen-Abenteuer erzählst. Und das möchte ich nicht, Jen. Ich will selbst dein Abenteuer sein.«

»Kannst du nicht beides sein?«

Dawson dachte kurz darüber nach. In gewisser Weise hatte er diese Unterhaltung schon einmal geführt. In der ersten Nacht, in der Joey nicht mehr bei ihm übernachtet hatte. »Nein«, antwortete er. »Mit fünfzehn kann man das nicht. Es ist zu kompliziert.«

»Verstehe.« Jen versuchte nicht, ihre Enttäuschung zu verbergen. Dawson merkte, wie seine Stimmung immer mehr sank. Ihre nächsten Worte überraschten ihn völlig. »Also ... ich wäre interessiert.«

»Woran?«

Sie lachte leise auf. »An einem Abenteuer. Was muß ich denn tun?«

Dawson starrte sie nur an. Das Lächeln in ihren funkelnden Augen, ihr verlockender Mund mit den vollen Lippen; etwas Geheimnisvolles lag in der Art, wie sie dastand – sie hatte noch nie schöner ausgesehen als genau in diesem Augenblick.

»Du könntest mich küssen«, forderte Dawson sie heraus.

Jen senkte den Blick. Dawson konnte sehen, daß es ihr den Atem verschlug. Merkte, wie es ihm selbst den Atem verschlug. »Weißt du, es klingt vielleicht wie ein Klischee, Dawson. Aber in New York habe ich alles ein wenig überstürzt. Sogar so sehr, daß ich dauernd stolperte und fiel.«

Dawson hörte die Qual hinter ihren Worten. Zum ersten Mal, seit sie aus dem Taxi gestiegen war, fragte er sich, woher sie wohl kam. Was sie hinter sich gelassen hatte. Obwohl er das Gefühl hatte, sie schon eine Ewigkeit zu kennen, merkte er mit einem Mal, daß er sie überhaupt nicht kannte. Aber Jen ließ keinen Raum für Fragen.

»Hier habe ich das Gefühl, als ginge ich zum ersten Mal seit langem gleichmäßig voran«, fuhr sie fort. »Und ich habe Angst, daß, wenn ich dich küsse, meine Knie vielleicht nachgeben und ich stolpere. Ich glaube nicht, daß ich das im Augenblick aushalten könnte.«

Dawson nickte. Angst davor, wozu ihr Kuß führen könnte? Diesen Teil verstand er sehr gut. Draußen auf dem Schiff wechselte die Musik, und jetzt sang Jann

Arden »You don't know me«. Das Pärchen an Deck bewegte sich zur Musik, geschmeidig, vertraut.

»Möchtest du tanzen?« fragte Jen.

»Was? Hier?« Dawson sah sich um, als ob sie gleich wegen Erregung öffentlichen Ärgernisses verhaftet werden könnten. Ach was! Und wenn schon. Einige Autos fuhren den Bayview Drive entlang. Ein paar Leute, allein oder pärchenweise, gingen auf den Stegen und an dem Strand entlang spazieren, der sich neben dem Hafen erstreckte.

»Ich wollte den ganzen Abend schon mit dir tanzen, Dawson.«

Es war soweit. Eine neue Chance. Die Chance, nach der er gesucht hatte. Dawson und Jen brauchten keine Worte mehr. Langsam kamen sie im Tanz zusammen und bewegten sich im Takt. Die Musik und ihrer beider Gefühle waren alles, was zählte.

Die Zeit existierte nicht mehr. Es war, als rinne sie wie Sand in die Spalten zwischen den Holzplanken unter ihren Füßen. Es gab nur das Jetzt. Nur das Hier. Nur das kühle Licht des Mondes, der hinter den Wolken verschwand und wieder auftauchte. Jens Parfüm vermischte sich mit dem frischen Geruch des nahenden Herbstes. Ihrer beider Atem hob und senkte sich wie das Wasser, das an die Küste schlug.

Sie blickten sich in die Augen, während sie tanzten. »Verstehst du, Dawson, der Kuß ist doch erst das Ergebnis«, flüsterte Jen. »Er ist gar nicht so wichtig. Es geht um unsere Sehnsucht und unsere Träume ...«

»Und um Liebe«, flüsterte Dawson.

»Ja.« Er spürte Jens Atem an seiner Wange. »Und um Liebe ...«

Tja, nun ist es doch nicht die USS-Jennie, die davonsegelt, dachte Joey. Es ist die USS-Joey. Sie kletterte in ihr Ruderboot und saß einfach eine Weile still da und blickte hinauf zu Dawsons dunklem Fenster.

Es schien, als sei es nicht nur Stunden, sondern Tage her, daß sie für ihre lange Filmnacht herübergerudert war. In einem anderen Leben. Aber vielleicht war es wirklich ein anderes Leben gewesen, und zwar für eine längere Zeit, als sie oder Dawson eigentlich hatten zugeben wollen.

Es war komisch, ohne ihn hier zu sein. Hier allein zu sein. Aber das eigenartigste war, daß es nicht mehr weh tat. Im Augenblick zumindest nicht. Sie fühlte sich lediglich... Verständnisvoll? Leer? Beides? Es war, als ob ihr kleines Boot im Angesicht des Sturmes Ruhe gefunden hätte. Sie war zwischen diesen heftigen Winden hin und her geworfen worden – zwischen diesen stürmischen Gefühlen –, und nun hatte sie eine eigenartige, kleine Phase der Ruhe gefunden.

Natürlich würde sie früher oder später ziemlich heftig Schiffbruch erleiden müssen. Aber im Augenblick gab es nur diesen Moment.

Gemächlich löste Joey das Boot vom Dock. Man vergaß leicht, an welch schönem Ort man hier lebte. Wie leicht nahm man das, was man jeden Tag sah, nicht mehr wahr. Aber wenn man wirklich richtig hinschaute, wirklich anhielt, um es zu fühlen, konnte die Welt dort draußen atemberaubend sein. Ehrfurchtgebietend genug, um all ihre kleinen Alltagsprobleme zusammenschrumpfen zu lassen. Groß genug, um die Dramen einer Handvoll Menschen ziemlich unwichtig erscheinen zu lassen. Wie hieß noch mal dieser Satz aus *Casablanca*? »Aber zu der Erkenntnis, daß die Probleme dreier Menschen in dieser verrückten Welt völlig ohne Belange sind, gehört nicht viel.« Joey lächelte und begann zu rudern.

Ganz in der Nähe fiel eine Autotür ins Schloß. Joey blickte hinüber und sah ein Auto unter einem Baum am Ufer der Bucht parken, halb verborgen. Sie tauchte leise ihre Ruder ein paar Mal ein und glitt vorwärts, bis sie schließlich besser sehen konnte.

Mrs. Leery stieg aus dem Auto und ging um die Kühlerhaube herum zur Fahrerseite. Sie beugte sich ins offene Fenster und gab dem Fahrer einen Abschiedskuß. Es war ein langer, leidenschaftlicher Kuß. Wollte Mr. Leery denn nicht auch aussteigen?

Dann begriff Joey auf einmal. Das war nicht das Auto von Dawsons Eltern. Seine Mutter hatte gesagt, sie bliebe bis Mitternacht weg. Ohne Dawsons Vater. Als Mrs. Leery sich aufrichtete und auf das Haus zuging, konnte Joey einen Blick auf das Gesicht des Fahrers werfen. Es war das Gesicht von Mrs. Leerys Co-Sprecher.

Joey hatte das Gefühl, als hätte man ihr einen Schlag in den Magen verpaßt. Damit zurück zu dir, Bob. Dann stimmte es also doch. Es war gar nicht einer von Dawsons erfundenen Filmkonflikten. Nicht irgendein sorgfältig inszeniertes Drama, um ein Gegengewicht zu Dawsons perfektem Leben zu bilden. Außer, daß Dawsons Leben gar nicht so perfekt war. Joey saß wie versteinert da. Wie versteinert von dieser Erkenntnis.

Und von dem Wissen, daß Dawson es noch nicht wußte.

Über Kevin Williamson, den Schöpfer und Executive Producer von *Dawson's Creek*™

Kevin Williamson wurde in New Bern in North Carolina geboren. An der East Carolina University studierte er Theater- und Filmwissenschaften, bevor er nach New York zog, um als Schauspieler Karriere zu machen. Später wechselte er nach Los Angeles, wo er als Assistent eines Produzenten von Musikvideos arbeitete, bis er beschloß, seine Talente zum Erzählen von Geschichten zu erproben und sich für einen Studiengang im Drehbuchschreiben an der Universität in Los Angeles einschrieb.

In der Filmbranche hat Kevin Williamson bisher unglaubliche Erfolge erzielt. Der erste Spielfilm, für den er das Drehbuch verfaßte, war »Scream«, verfilmt unter der Regie von Wes Craven und mit Drew Barrymore, Courteney Cox und Neve Campbell in den Hauptrollen. Williamson ist inzwischen Drehbuchautor von zahlreichen weiteren Filmen, darunter der Psychothriller »Ich weiß, was du letzten Sommer gemacht hast« (Regie Jim Gillespie), nach dem Roman von Lois Duncan.

Dawson's Creek™ ist Kevin Williamsons erster Vorstoß ins Fernsehmetier. Von Kritikern erntete er bereits höchstes Lob für die authentische Darstellung des Lebens von Teenagern.

Bereits erschienen

Dawson's Creek™

Ein langer heißer Sommer

Roman

Dawson fällt es nicht leicht, über die Trennung von Jen hinwegzukommen. Aber da taucht die schöne Sheila auf, die ihn zu einem ganz besonderen Film inspiriert ... Keine Frage, daß Joey darüber verärgert ist – schließlich ist doch *sie* Dawsons beste Freundin! Da hilft nur eins: selbst verlieben ... und wer wäre als Objekt besser geeignet als der perfekte Sonnyboy Jeremy?

vgs verlagsgesellschaft Köln

Demnächst erscheint

Dawson's Creek™

Die Ruhe nach dem Sturm

Roman

Ein Klassenausflug zu den Billing Islands endet in einem heftigen Gewitter. Joey und Dawson verirren sich in den Wäldern, stranden schließlich in einer kleinen Hütte – verfroren und zitternd, auf der Suche nach Wärme. Unterdessen trifft Jen auf ihren ehemaligen Lehrer Steve... Und am Morgen nach dem Sturm weiß keiner von ihnen mehr so richtig, wie es nun weitergehen soll...

vgs verlagsgesellschaft Köln

Langweilige Fernsehabende können Sie sich sparen. Welcher Film sich lohnt steht in TV Spielfilm.

TV SPIELFILM Online: www.tvspielfilm.de

Wir wünschen spannende Unterhaltung.